人生の住所教えて

私は幸せ通り一丁目三番地!?

荻野源吾
OGINO GENGO

幻冬舎MC

人生の住所教えて

——私は幸せ通り一丁目三番地!?——

はじめに

この本を手に取って自宅でゆっくり読んで下さるあなたに、心を込めて「こんにちは」「こんばんは」とご挨拶いたします。

私は市井の一人の福祉の活動家（ソーシャルワーカー）です。

半世紀の仕事は、なぜか「はじめと終わり」に関わってきました。まことに数奇な運命でした。「社会福祉学」は未だ開拓期でした。施設の現場のコロニーなどはその建設期でした。やがてグループ・ホームの開設へと移行しました。

日本の国立大学では先駆けとなる福祉科学部の創設への挑戦。しばらくして国立大学から国立大学法人への変革などなど。

このように「はじめと、終わり」へのめぐりあわせです。その間施設現場の実践と「福祉の原理論」研究が各々に約25年でした。

この本では人生という大きなテーマを「旅」「日誌」「読後感想」と三つの視点から捉えています。著者の社会福祉にまつわる「体験」から、それを「経験」に高めつつ読者に多面的に考える機会を提供したいと思いました。貧しい福祉の現場で疲弊したこころを旅で出会う様々な感動や日常の気づきを栄養素として補いつつです。また新たな境地を目指します。

しかとした信念を伝えることができるかどうかいささか不安ですが、どの文章からも醸し出されてくるものは、「福祉の感性」「幸せを紡ぎだす世の中づくり」を、ちょっとした視点、まなざしで見てきたことです。あとは、あなたの「感性」だと思っています。


人生とは何かが、分かりかけた頃に有限の使命が待っています。無限ではありません。高齢社会で人生80年時代から人生100年時代になろうとも、その人自身が「人間とは何か」「社会とは何か」を分かりかけるには「時間」というものがかかりますね。

夏目漱石は50歳台前に亡くなったのにいろんな作品で人間の心の在りようを示しているのに気づきます。昔の人は人生のことを自覚するのが早かったなあと驚かされます。それだけ時間もゆっくり進み、社会や人間を見つめる力と、時間があった時代といえるかもしれません。


今日ではすべてがスピード化社会だけにようやく70歳台後半にしてこころのゆとりのある生活に向かいます。そこでやっと人生を語り始めることになり自らを吐露できるようになるのです。

人は皆幸せを求めて人生を歩みます。

副題の「私は幸せ通り一丁目三番地!?」は謎めいていますね。新しい価値、「人生の番地づくり」を提案しています。

これについては本文で少し触れていますのでタイトルとどのように関連するのか楽しみにお読み下さい。「人生の置かれた場を求めて価値を作り共に生きる」ことを常に尋ねる旅です。

本書の願いは、単なる個人の幸せだけでなく、幸せな社会の在り方をも俯瞰的（全体的）に追求することにあります。

あなたはどんな幸せづくりをしようとしていますか。どんな幸せ社会に貢献されましたか。

この本の行間にある「福祉社会へのまなざし」から、あなたの気づきを探して下されば嬉しく思います。

ある福祉社会科学者の独り言。

荻野源吾

もくじ

旅物語——旅に学ぶII（海外編）

日誌風エッセーI（日々）

日誌風エッセーII（生と死）

読後感――読書から学ぶ感性

のんでれ

或る古本屋で『プロカウンセラーの聞く技術』なる書物を見つけました。著者は東山紘久となっています。東山さんは妻の高校時代の同級生で、よく聞いた名前です。

彼は私と近い年齢ですが、京大、カール・ロジャース研究所を経て、京大副学長などを歴任したわが国の臨床心理学の大家でもあります。彼の蒔いたカウンセリングの種はわが国で確実に育っています。私は地方の当時の国立大分大学で初めての「福祉科学」が創設されて「ソーシャルワーク」の学問的研究に臨みましたが、心理臨床・臨床心理学に比して未だその芽は微々たる感がします。

彼のこの著は何と40万部突破とあります（2017年第1版、78刷）。学術書としてはよく売れたものだと感心させられましたが、なるほど専門技術が分かりやすく解説されています。

内容はプロのカウンセラーに向けた「聞き上手」の指南書です。曰く聞き上手は「相槌を打つ、説明しない、聞きだそうとしない、沈黙と間の効果」などの項目が並んでいます。そして「あとがき」に「話し方教室」とか「スピーチのしかた」の本が多数出版されているにもかかわらず、聞き方に関しては教室も出版物もほとんどありませんとあります。ああそうだったのかとまた驚き。この本の初版が２０００年ですから今から約23年前の頃のことになります。

今は全国各地どこへ行っても「傾聴面接」ばやり。「聞き方」の勧めであり、それは時代の寵児となっています。しかもそれが社会福祉協議会あたりの市民講座であることがオカシイ。社会福祉の相談は「ソーシャルワーク」。ソーシャルワーカーはカウンセリングにあたってより積極的に本人から事情や訴えを聞き、その情報収集と本人を取り巻く社会関係のどこに困難があるかの整理をしつつ、問題解決に当たる、法律に縛られない「社会関係調整の専門家」です。私は法律以外の「社会的弁護士」と解釈しています。「聞く力」はあくまでその手段。どこで勘違いが起きたのか、今や「カウンセリング」技術が「ソーシャルワーク」と同一視されてきています。

なるほど、最近の子育て支援でのスクールソーシャルワーカーとスクールカウンセラーの扱いにその混乱が現れています。

私はカウンセリングの「傾聴」でのノンディレクティブだけでは、問題の本質がスポイルされ、心理的平衡には貢献するが、ときに問題解決をうやむやにして、いわゆるガス抜きになる恐れがあると危惧しています。non directiveは「のんでれ」だと批判してきました。ここが心理学と福祉科学のアプローチの違いでもあります。

記忘庵日誌　2023・3・3

紅葉のころ

今年も紅葉の季節になりました。真っ赤に紅葉した葉も今や落ち葉となり最盛期を過ぎつつあります。

高校時代の同級生でメル友にF君がいます。彼はまれにみる真摯な俳諧三昧の生活をしています。

どこに行っても吟行してかつ多作で、今や万に達する発句を連ねたのではないか。東京新聞あた

2018・記忘庵の紅葉

りにも盛んに投句し多く採用されています。

紅葉の季節になり、彼の便りの中である日の句会での選句の紹介がありました。

天上の紺に彩なす冬紅葉　（日吉）

私は思わず記忘庵の庭の紅葉を見上げていました。

その後「東海道五十三次」の本の解説を読んでいたらこんな句に出合いました。

受けて待つ手をすれすれに散る紅葉　（虚白）

この句の作者は江戸時代、土山宿の常明寺の住職を43年務めた人だといいます。土山宿は鈴鹿峠を越えて伊勢から近江へ入る最初の土地です。

さらにこの人にこんな句もあると、次の句も紹介されています。

曇りなきこころの月を手向哉　（虚白）

何気なしにふと立ちどまる。ふと、はらりと散る紅葉の庭に「佇む」時間となりました。

一つの句のテーマから次々と句や写真や読書で連なる時間や空間も「また楽しからず」でありま
す。

面白きことこの上なしです。

記忘庵日誌　２０１８・11・28

ヨガについて――人間の本性に迫る（私の理解したこと）２０１９

今、日本ではヨガは美容体操としても人気があります（痩身術と思われているかな?!）。色とりどりのタイツを身に着けてリズムを取るフィットネスと間違われています。高齢者の運動には場違いかと思われがちです。

従って厳しい鍛錬に思われて、中高年には無理だと敬遠されています。しかしこれは誤解です。基本は調息や心身の「空」への導きにあります（私は今78歳にして初めてチャレンジしようという気になりました）。ヨガの目的の一つは、心の平安と世の平和の希久にあります。

そのルーツをたどれば古代インドのヒンドゥ教やジャイナ教、そして仏教の源流になったヒマラヤの秘教にあります。

聖のサマディ「サナタン」が真のヨガと瞑想なのです（日本の仏教、特に密教はその流れにあります。禅も一つのヨガの形態と考えてよいものです）。

われわれは例のオウム真理教のグル（師）とかサティアン（真理）という言葉で初めてこのヒマラヤのヨガ由来の仏教語に接し驚きました。日本の僧侶は読経しても仏教の経典の解釈はあまり上手くないといわれます。残念ですが、多くの日本人はオウム真理教事件で仏教の原典のことばに目覚めたのです。

ヨガでは、自然界浄化の作用を大切に考えます。その循環のシステムはインド哲学ではシヴァ（破壊）やヴィシュヌ（維持）、ブラフマ（創造）のエネルギーと言います。

人間も例外ではありません。夜眠り浄化され細胞は再生され、仕事や活動で燃焼され、そして死んでいく――。

戦前の極貧の生活から、いつしか贅沢な衣食住の満たされた生活へと変わりました。その辺の大型店に行ってごらんなさい。これでもかこれでもかとありあまる品々。放漫磊落《らいらく》な消費生活。それでもこころはまだ満たされません。なぜか。

ヨガの世界から見ると、とても滑稽さが浮かび上がってきます。便利さの最中にいながら満たされない心。それは欲望や執着から解放された深く、静かなる自己に到達していないからなのです。私もその一人の迷い子なのです。欲望は科学技術の進化で一層肥大化していきます。

インド哲学では5元素（土・水・火・風・空）で「宇宙」ができており、このプロセスをたどるのがサマディ（悟り）への道。そしてヒマラヤのヨギ（聖者）は自分の記憶から否定的な思い込みを外し、創造の源に出会うことを導くのです。

この原理がサマディマスター（シッダーヨギ、シッダーマスターとも）の本質的なヨガ、様々なカルマ（瞑想法）によって導かれ解脱に誘われるのです。（注1）

（注1）カルマ〔業〕過去生のカルマは「サンスカーラ」、今生のカルマは「ボガ」、これから引き起こされるカルマは「プラダブ」。これらのカルマを体のヨガであるハタヨガや禅の元のラージャヨガ、チャクラ覚醒法のクンダリーニヨガ等で導くこと。

参考　相川圭子『ヒマラヤ聖者の超シンプルなさとり方』徳間書店　２００９

記忘庵日誌　２０１９・11・24

「私の後始末」

曽野綾子の小品に『私の後始末』（ポプラ社　２０１９）というのがあります。

これを読んでまさに自分自身も「後始末」をしなければと思いました。しかも少しは急がなければ。いやしかし急いでも始まるまい。まあ何とかなる精神で毎日生きてきたので。

「過不足なく自分を認められるか」「現在の地点と時点を愛す」「晩年になって人は青春の意味が解る」「幸せを感ずる才能を開発する」「いい人と思われない自由」「片隅に生きる自由」等２７０余りの珠玉篇です。

「人は平等でない」と彼女は始末をつけています。

人は平等とはウソであり、「平等を目指す」という意味であって、実際に平等であり、平等になれる保証もないので日本語がオカシイのだと彼女はいいます。

私もそう思います。

福祉科学専攻でおよそ「共生」だの「人間の平等」だの「差別なき社会」だのと福祉原論を説いてきた人間としは不埒《ふらち》な思考だと批判されるかもしれません。

「自由・平等・博愛」はフランス革命以来、また「人の上に人をつくらず」は福沢諭吉以来、天下に知られています。時にハンディキャップ者にエールを送り、差別撤廃を目指して学校の運動会では一斉に手をつないでゴールするというパフォーマンスの競技もありました。

このように今までの歴史に学び、人はあらゆる差別撤廃と人間平等主義を目指しています。ガンジー然り、黒人の指導者であったキング牧師やネルソン・マンデラ然りです。

しかし一方でいじめや暴力、国際紛争、様々な差別、ヘイトスピーチなどが蔓延しています。この現実に立ち、人は理想との乖離に苦しむのです。あきらめと絶望が支配していきます。殊に資本主義の悪弊、競争原理社会ではこの感が一層強まるのです。

「人の顔を見て物を言え」とか、人それぞれ顔が違うように感じ方も違うともいいます。ならば平等は絵に描いた餅なのか。到底達せられない淡い希望なのか。NOであります。

私が福祉社会の理想を半世紀求めてきての結論。それは、平等は確かに育てられていくということです。確実に歴史とともに！　22世紀での飛躍を期待します。

そのためにも「平等でない人間および人間性」をしっかりと意識することが大切です。その中から、人間いついかなる時も「その時にかなって美しい」、「人間万事塞翁《さいおう》が馬」の現実感覚を持ってこそ「びょうどう」の意味が分かるというものです。

曽野は言います。「他人の暮らしが素敵に思えるという錯覚」。他人の芝生は青い。それらは人と自分とを比べることから始まります。この「比べる」という心を超えたとき明日が見えます。人間は他人に過少評価も過大評価もされずに過不足なく認められることが幸せなのです。

一方「山のあなたの空遠く……」の世界、「青い鳥のチルチル　ミチル」でもあります。絶えず夢見る世界にも憧れます。

しかも自分なりの欲や、好奇心や冒険心、チャレンジ精神はいついかなる時も与えられていきます。

私はジョン・レノンの歌が好きです。とくに「イマジン」。「想像してみて」と人間の逞しい「想像力」を駆り立てています。

それらがいかなる環境下でも人にまさに平等に与えられた権利で、その芽が育つといずれ理想社会が訪れるのです。ゆめ「忘れるなかれ」！

記忘庵日誌　2020・9・23

二

旅物語——旅に学ぶⅠ（国内編）

曇り・晴れ　〝あるき〟のき――「香具山周辺」

気分鬱《うつ》として晴れず。こんな日は歩いて、歩いて。「体調管理の日」とするにしかず、なのであります。

同じけだるさでも4月頃の「春眠暁を覚えず」の頃とはまた違うようです。5・6月はやはり湿度のせいもあるでしょう。それに個人のバイオリズムが影響します。

今日の「歩き」はどこか。まず車なら30分ほどで行ける距離にしたい。できるだけ車を乗り捨てて歩きたいものです。

そうだ、本日は歴史コースーその2にしよう（私の散策モデルコースのうち、歴史コースは20ほどに組み立ててあります。このメニューの中から歩きの時間や季節や天候、体調などによって選ぶのです）。

このコースは「万葉公園」を起点に、香具山の周りをグルッと一回りしてくることになります。ここまでなら我が家から車で45分の距離。丁度同じような行程で、耳成山周辺コースもあります。こちらは少し街並みの周遊となり、約9㎞、3時間余りかけてゆっくり散策することになるのです。

朝9時ごろ、万葉公園に着き、駐車場に車を止めて天の香具山に登ります。登るといっても標高はわずか152メートルしかありません。ちょっとした丘といったところ。大和三山の中でも、この香具山は目立たないのです。

橿原神宮のある畝傍山も、山口神社の耳成山もどちらも孤立峰なので、どこからもよく目立ちます。ここ天香具山《あまのかぐやま》は多武峰、音羽山と続く龍門山塊の一部となっており、外から眺めても目立たないのです。この目立たないというところが気に入っています。

大和のこの界隈の地形に詳しくない人が大和三山の位置を金剛山や二上山、あるいは甘樫丘から眺めて、他の二つの山は判別できてもすぐに「天香具山」をいいあてる人は少ないようです。

季節はもうすぐ夏です。

春過ぎて　夏来にけらし　白妙の
衣干すてふ　天の香具山　　（持統天皇）

当時に思いを馳せます。虫干しでもしているのでしょうか、あるいは洗濯したものが、しろしろと山の濃い緑にはためく様が目に浮かびます。藤原京あたりからの眺めでしょうか。多分庶民の生活は貧しいものだったでしょう。

この藤原京に立ってしばし考えさせられました。都は時に湿地となり水はけが良くなく、恐らく下水で汚れて臭いなどもきつかったろうかと想像できます。一説では汚濁で伝染病もはやり遷都したとかいわれています。

山頂に、いや丘の上に、「国常立神社（くにとこたちじんじゃ）」というういかめしい説明板があります。祠は4㎡四方余りのほんのささやかなものですが。例の「イザナギ・イザナミの命」が祭られているとあります。

そこで改めてまじまじと字を見て確認してみました。

いざなぎ・いざなみのみこと

【伊邪那岐（伊弉諾尊）・伊邪那美神（伊弉冉神）命】

〈天照大神（あまてらすおおみかみ）・月読尊（つくよみのみこと）・素戔嗚尊（すさのおのみこと）の父である〉

と書いてあります（特にカッコ内の後半の字が難しい）。

そうそう、こんな字を書くのであったかと、なんだか懐かしい思い。久しくこんな字に気を留めてもいませんでした。「忙」にしてこころを亡くし、こころここにあらずであったのです。あるいはそれは言い訳でしかないのか、これは今日の一つの発見でした。というか「独りごちた」（ひとりごとめいた）思考回路の浮遊感に漂ったのです。これまた「楽しからず」であります。

そして私にとって嬉しいもう一つの発見がありました。
それは「ブラシの木」なるものの名称です。
先日来、妻と熊野古道歩きの際、この花木の名前が分からず気になっていたのです。
やっと分かりました。「歩き」の途中、ある民家の軒先にこの花木を発見。わざわざ「金宝樹」

と木札がたててありました。「あな嬉しや、やっと分かった」。歳のせいもあってかこだわりになっていました。

恐らく通りがかりの人が気になって、この珍しい花の名前を聞く人が多いのではないかと思いました。見慣れれば結構あちこちで見かけるのですが、私のようにまだ知らない人が多いのです。

ネットで調べてみると、確かに「マキバブラシノキ」とあります。花の形が、意外にも何か牛乳瓶でも洗えそうなブラシに似ています。

(Callistemon speciosus　英語で Bottle Brush)

「あすかの湯」なる橿原の炭酸泉の湯に浸りつつ、本日も目出度くも「ささやかな発見」に一人ニタリと得意顔。側の人はきっと「ニヤケテイル」と思ったことでしょう。

お湯で疲れを癒すのは、私の数少ない楽しみの一つ。まさに単純泉のような単純人生です。湯の質がいいかはその日の成果にもより日々変わるのです。

あっ、また一つ思い出したことがあります。社会福祉学理論の開拓者の一人が、晩年学会に出た後、北海道のあるところを一緒に散策していて、「おぎのさーん、私はこれといって趣味がなく、理論をこねているか、こうして街などを見て歩くしか能のない人間、これって世間様からも見ておかしいのかね……」と。「いやいや普通ですよ」と私はこころでツブヤイテいました。

それにしても人間、「孤独との闘い」はいろいろあります。

人生いろいろ、会社もいろいろ、日々の歩きもいろいろです。

記忘庵日誌　２００７・６・７

能登の旅路

かねてより願っていた能登半島一周を試みるべく旅立つことにしました。もちろん愛車「ピッコロ」（キャンピングカー仕様の軽自動車）での旅です。行程は、まず郷里丹波（丹波といっても口丹波。篠山をそれて京都寄りの福知山近郊。夜久野という山間部）での墓参りを済ませ、舞鶴、若狭を経由して、金沢へ。そして金沢東I．C．で降りることとしました。

ずっと雨続きです。今回はあまりお天気には恵まれないであろうと予測できました。実際旅している間、少し晴れ間があった程度で後は曇天。そして雨。予測した通りでありました。

マイカーを使ってのしかもアウトドアでの調理となればかなり困難が伴います。ときには途中富来・西海岸風戸や珠洲市の野外公園での煮炊きでは強風の中困難を極めました。5月だというのに氷雨まで降り出す始末。野外炊爨《すいさん》のかなりの熟練を要しました。いささか野外炊爨に自信のある私もこの風の中泣きたくなったものです。飯盒《はんごう》炊爨を諦め、お湯をわかさないでパンにでもしたかったのですが、お腹がすいたし近所に買い求める所もありません。それにトイレも差し迫っていました。このように旅は日常では体験しない、予測しがたいいろいろな苦しいことに直面するのです。

しかし、このハプニングが魅力にもなります。あえて苦しい状況に遭遇しても楽しんでいく。非日常で味わう苦労やハプニングなどは良い刺激剤でもあるのです。ある種の自虐的快楽も旅の麻薬かも。

北陸自動車道を降りて地道に入り、内灘町に向かう時も小雨がしょぼしょぼと降っていました。丁度東日本大震災の直後の地方選挙時、ここは志賀原発近くに立地しているため、選挙選では原発問題でかなりの神経戦であったような雰囲気でした。

旅の印象

今回の5泊6日の旅の印象をザクッとひとわたり述べることにします。

もっとも印象に残ったものの一つは古式豊かな灯台の館。旧福浦灯台（Old Fukura Lighthouse）です。

丁度半島の中ほどにあたる能登金剛と呼ばれる観光地の南端にあります。日本海の荒波に光を放ってきた灯台。

この旧福浦灯台は1608年に建造された日本最古の木造灯台とされています。小雨降る中、狭い海岸の笹薮の小道を歩いてたどりついたので余計に風情を感じたのかもしれません。

灯台といえば、能登半島の最北東端に位置する石造りの禄剛崎《ろくこう》灯台も有名です。高さ46メートルの断崖上に明治16年7月10日に点灯され、今なお風雪に耐えています。この灯台の光達距離は18海里(約33キロメートル)といわれています。

この旧福浦灯台の歴史を紐解くとき、近代交通史に残す業績は多大なものがあります。旧福浦灯台は今から400年もの前、すなわち慶長年間、地元の日野長兵衛がかがり火を焚き、暗夜の船を守ったことに始まります。代々日野家が灯明役を引き継ぎ、明治9年日野三郎によって現在の灯台が作られました。北前船の航路を照らしその繁栄を支えてきたという歴史をふりかえり見るとき、人間の個人のなせる業とそれを引き継ぐ人間の偉大さを教えられます。郷愁を誘いつつ荒海に向かって超然として立つ古き木造灯台には一抹の哀歓が漂います。これぞ能登の象徴でなくて何としよう。

二つ目に何を挙げたらよいか迷うところですが、この際文化的、精神的遺産の一つとして「総持寺祖院」(Sojiji ancestor temple)を挙げたいと思います。半島の中部、海岸沿いの道下サンセットパークからほんの少し内陸部に位置します。ここに永平寺と並ぶ禅宗のもう一つの総本山の元祖寺院があることはよく知りませんでした。私の生家は丹波夜久野の禅宗の寺の檀徒ですが、鶴見の総持寺が本山で、この総持寺の祖であるらしい。そんなことを覚えながら今回立ち寄ることにしました。

1321年に開山された古刹です。前の能登沖地震でかなりの被害を受け、講堂はじめ草堂は大修復中です。講堂はまだ支柱で支えてあり、この日も雲水20人余が大きな扉の立て付けを直していました。やはり禅道場のこと、久しぶりに雲水の姿を見ました。外国人の雲水も見かけました。門前町も震災後整備されたばかりです（しかし人は少ない）。

明治31年、ここの七堂伽藍の大部分が災禍のため焼失し横浜市鶴見に移転することとなったといいます。

他に神社仏閣では豊財院や、奥能登最古の真宗寺院「阿岸本誓寺」、日蓮宗の「妙成寺」、気多《けた》大社などなど信仰の霊場が多く存在します。

三つ目の印象として特記したいのは、やはり千枚田でしょう。これも奥能登の一つの風物詩となっています。昔の厳しくも慎み深い農山村の生活の営みの象徴です。

今残されている千枚田では白米《しろよね》千枚田が知られています。海岸のへりに張り付くような棚田です。国道の真下にあり、大勢の観光客が休憩をかね立ち寄り歓声をあげています。なるほど見事です。

千枚田とは数多いとの意でもあり、実際にも千枚以上の田圃があるそうです。昔の人の汗と油の結晶がこの小さな田んぼの実りになり、それだけに一層貴重な白米を作り上げたといえます。いまも大勢のボランティアの人たちの協力で作られています。

もちろんこの白米千枚田の他にもいくつかの千枚田が耕作されています。「大笹波水田」も日本棚田百選の一つです。こちらも海に向かって河岸段丘の谷筋を切り開いた水田の千枚田ですが完全に区画整地されています。やはり自然の水田としては白米の千枚田ほど美しいものはありません。全国にある千枚田の中でも代表格の一つです。

以上、能登の三つの風物に今回の旅の思いを代表させました。

①旧福浦灯台、②総持寺祖院、③白米千枚田です。

日本海の荒海に突き出た能登半島で海を照らす明かりであったり、精神世界の明かりとしての禅ワールドの世界であったり、そして自然との格闘で生産したいのちの米。いずれも能登の厳しい自然の中で築かれてきた、人と自然の織り成す風物詩を代表しているといってよいでしょう。

もちろん能登の魅力はこの三つに尽きるものではありません。この他のいくつかの旅の印象を挙げておきます。

地形

金沢東I.C.を降りて内灘町から一部能登有料道路を通って能登半島一周に入りました。まず驚いたのが内灘の広い台地。「ロケット基地のある内灘か」と一瞬誤解しました。海に向かって道路左側と右側が程よい堤防を築いたような台地になっていることです。最初人工堤防かと思いましたが自然の砂地の高台が形成されているのです。右に河北潟があり、一部埋め立てられ広い干拓地になっていました。内灘町からかほく市、宝達志水町に続く長い段丘をなしており、この丘が壁となり荒い日本海の風を避け、半島の内側を保護する役目を果たしています。まさに「自然の防波堤」です。まずこの地形に興味を覚えました。

能登全体は蟷螂《かまきり》の頭をもたげた地形です。一部七尾湾で縊《くび》れていますが、地図だけ見て想像していた以上にこの半島は広いという印象を受けました。内陸部の広がりもあって山や川も多く、その点伊豆半島と似ています。

また日本海の荒海に面する西側、能登金剛や奥能登絶景街道といわれる景勝地は、まさに断崖絶壁。丹後半島や山陰海岸の絶壁と同じ様相です。九十九《つくも》湾、七尾湾（北・南・西）の東側は一転して穏やかな内海の表情。

しかしいわゆる岬のような地形ではなく、石川県内でも独立した能登島国を形成しています。特

千里浜なぎさドライブ

に丹念に海岸に沿って回ったせいか遠く長くもあって、そういう印象をうけた能登路の旅でありました。

道路事情

金沢市栗崎から穴水町此木というところまで「能登有料道路」があります。その先が能登空港です。急ぐ旅でもないし、有料道路は高いと思ったので地道を走っていましたが、途中から有料道路に乗ってみました。なんとこの間50円でした。安い。それからは有料に乗ったり、降りたりして楽しみました。というのは途中面白いことにサウンド・ロードがあって海岸の砂浜を自動車で走れます。海岸の砂地を走れる「千里浜なぎさドライブウエイ」は日本では珍しいとか。

今回できるだけ能登半島の海岸線沿いに車でたどろうとしました。そうしながら半島を一周するのが目的です。唯一それが難しくなったのは猿山岬灯台を目指したときです。「深見」で行き止まり。海岸から内陸にそれて山越えの厳しい間道を通るより他ありません。少し危険なので国道249号線に戻り、総持寺祖院から山道に入りました。県道38号線に出て途中男女滝を経て再び海岸線に戻りました。自動車道がないだけ猿山灯台周辺の海岸と山は守られているのでしょう。雪割草の保護地区でもあります。

ここで海岸線のルートを一部逃したのみで、他はすべて順調に海岸沿いに道が走っています。よく見かける半島でのルートは、内陸から縦に、縦にと海岸まで下りまた戻ってそれを繰り返すことになりがちですが、それをしなくて済みます。こうしてとにもかくにも、くねくね曲がったり折れたりしながら、半島の海岸伝いに走ると金沢から高岡までの能登半島まるごと一周約600キロ、いやそれ以上になるでしょうか。

道路事情は極めて良かったです。昔の人はこれを歩くとなると金沢や富山に出るだけで天と地の境界を移動した感じがしただろうと思うと恐れ多いことです。

映画での「点と線」や「砂の器」など松本清張の世界ではありませんが、貧しかった時代を髣髴《ほうふつ》とさせる東北、山陰、能登の風土。単に風光明媚な観光地的感覚でものを見るだけでなく、交通不便で閉鎖され、困難な土地の条件の中に生きてきた人たちの一時代前を忘れてはならないと思います。一歩自分の住む地を離れれば、それは異国でもありました。

現代社会では都府県や地区の境界は写真が表示しているくらいにしか意識しなくなっています。

能登に原子力発電があることはよく分かっていませんでした。「志賀」原発です。内灘方面から入ると「志賀」の町は急に活気を帯びてきます。なるほどリゾート地の開発も進み、町のスーパー銭湯も賑わっています。お一人様４５０円なり。安い。やはりご多分にもれず原電による地域振興策の結果なのか。まわりの地域と違って潤っているなという感じでもあります。その原電は海岸線より国道を挟んで数百メートル離れた少し高台にあります。津波の影響は避けられそうですが、もし巨大地震ならいろんな想定外のことが起きる可能性は否定できません。外目にはスッキリした建物で、煙も出さずクリーンといえますが。

ローカリティとは

能登の言葉は少し尻伸ばしの音程に聞こえました。

「○○やしい」「そーやけどー」

今、日本の各地を巡ってもあまり土地の言葉が聞けなくなってきました。

土地、土地のものを生かしての掘り起こしは盛んですが、まだあまり成功していないように思います。

「ランプの宿」はＴＶでも紹介され有名になりました。すっかりリニューアルされて明るく清潔になっていました。とても大入りで繁盛しているようです。もちろん今や本物のランプは使用していませんが。

せっかくだから一晩泊まったらランプの「ホヤ」を磨く体験ができるという「体験部屋を造ったらどうですか」と宿の女将らしき人と話しました。その冗談を受けて「実際やってみましょうか」と言われましたので、次に行ったら実現しているかもしれません。


奥能登には昔ながらの海水から造る塩田が保存され、新しい観光に役立っています。私もこういうところでは少し買って帰ることにしています。沖縄でも、瀬戸内のものでも、普通の塩を使うより思い出塩なのです。

町おこし、村おこしの発想で一つ思ったのが、いわゆる〝垣根〟です（地元では〝間垣《まがき》〟と呼ぶ）。奥能登の限られた集落で今もこの風避けの垣は残存しています。

宿もあったように思いますが、こんなところの宿をお勧めしたい。なんともタイムスリップして懐かしい海岸での宿泊体験となるでしょう。


七尾の街は活気づいており、フィッシャーマンズワーフの建てた新鮮魚市場を中心とする界隈は町おこしに成功していました。

それに比べて輪島の道の駅は漆器をはじめ工芸品や一部生活用品があるのみで質素です。街全体も祭りの屋台の展示や漆器店でシックに作り上げていますが、通りすがりの観光客にはなじみません。もちろん輪島漆器は伝統ですが、いつも漆器ばかり買い求める客ばかりではありません。この伝統商標だけでは普段の客の動きはあまりありません。特に街の中心部の活性化を図りたいものです。それを輪島朝市が担っているのかもしれませんが、朝市を利用できない客は手持ち無沙汰になるばかりです。

同じく珠州市にある「すずの湯」の入浴料金、1200円（高い。何とかならないかな）。回数券の人は割引となり、地元利用促進らしいが、たまには街の外からも客は来るでしょうし、こんなところで料金を高めてもそんなに儲からないのでしょう。

いたるところの店でフィリピンやインドネシアからの移住民が働いておられました。日本人は都会で働き、人手不足。結婚して7～8年になるという中華ソバ屋の奥さん、ホテルのウエイトレス、皆さん頑張っています。頼もしく思えました。こんなところで小さな国際化です。

こうして世代を跨ぎまた街も変わっていきます。もし古い封建的すぎる村の習慣が地区の閉塞感をもたらしているとすれば、この脱却には一番の環境づくりとなるでしょう。

外国の人たちを積極的に受け入れていけばよいと思います。

最後に地名から地方色を探ってみます。

志賀と書いて「しか」と発音。「志賀」と書けばどうしても「滋賀」が連想されます。そして通常は〝しか〟と読めません。

もう一つは「富来」と書いて「とぎ」。どうしても「とみく」と読みたくなります。「とぎ」という発音から、この「富来」という漢字は浮かばずかなり混乱しました。

しかしもう大丈夫、今ははっきり読めます。能登の地を踏んでおかげさまでしっかり覚えました。

記忘庵日誌　２０１１・５・１

追記

能登と佐渡は２０１１年６月になって世界農業遺産に登録されました。

能登は美しい棚田や「あえのこと」といった伝統行事が続いていることなどが指定の理由です。

２０１２・11・07追記

白米千枚田は実際に1004枚の棚田があるそうです。

2011年から冬場の観光客の増加をねらって1万2000個のイルミネーションで棚田を飾る「あぜのきらめき」を始めました。

その結果、冬場は3倍に観光客が増えたといいます。さらに今年に入って小型ソーラー付きのLEDを2万個に増やしました。11月10日~2月17日、千枚田のあぜ道をピンクの光が美しく縁取ることになります。

(週刊現代　11・17-絶景日本遺産)

小さな旅―①　今回も新たな知見あり

昨夜半からは一晩中冷たい小雨が降り続き自動車の屋根を叩いていました。車を大きな紅葉の大木の下に駐車していましたので、パラパラと時にリズムよく、時に不規則に雨雫が車の屋根に落下する音が睡魔で夢うつつの耳に木霊していました。自然の中の人間の孤独な悲哀と悦楽とをともに味わいながら、いつの間にか眠りに就きました。自然と向き合い肌で実感することは、己を謙虚にさせてくれます。

昨夜の残りのパンとおにぎり一つ、お茶で簡単に朝食を済ませました。屋外キャンプ場の水で顔を洗って出発です。まだ薄暗い5時。雨は小降りです。土山方面へは、1号線に出て大津、栗東へ40キロの位置。その後琵琶湖大橋経由堅田、浜大津方面へ。坂本の西教寺到着。このころようやく雨が上がってきました。

西教寺山門はなかなか立派です。中から早朝の厳かな読経の響きが聞こえます。20人ほどのお坊さんが本堂で朝の勤行をし、信者が参篭しておられました。毎朝こうして僧侶が全員でお勤めする寺は今や少なくなってきています。

この西教寺さんは叡山の高僧真盛上人建立の真言別格総本山であるらしい。

明智光秀の墓があります。私は丹波出身なので明智の名は懐かしい。福知山では明智光秀は善政を敷いた良い領主であったといわれています。今も「福知山音頭」という盆踊りの歌詞に記されています。

ここの宗祖御廟関係者で、50年前の私の保育のゼミ学生は今どうしているか懐かしい思いがこみ上げてきました。この寺で合宿をさせてもらった記憶が蘇えってきました。一度消息を尋ねたいと思っています。

坂本は明智の坂本城が築かれた場所です。今は湖畔にわずかに城跡の記念碑が残るのみで、当時の城の敷地は普通の市街地になっています。

いよいよ比叡山に向かいます。ここは学生時代に京都の叔母に連れられて見て回りました。叔母は石川の寺の出身、京都の理科系教員を務めていた叔父と結婚。とても仏教のことは博学でした。しかし当時私はあまり関心がありませんでした。丹念な道案内をしてくれた叔母には失礼ですがほとんど記憶にありません。

今回初めて叡山の伽藍を車で回りつつ、つくづくと眺めました。広い。

東塔・西塔・横川（よかわ）の3地区に跨っています。それぞれの山や谷がそれなりに広いのです。東塔（三塔十六谷）はその中心で総本堂の根本中堂や大講堂があります。

横川中堂に行く途中元黒谷に立ち寄りました。ここで静かに一人堂守りをする若き住職に出会いました。

元黒谷・青龍寺、今なお薄暗き谷の中腹、浄土宗開祖法然上人の若き日の修行寺で門の側にその像が建てられており、左は真盛上人童子像が立っていました。

叡山は標高わずか800メートル余ですが、また違った深山の趣があります。今日は特に雨上がりで濃霧が立ち込めています。琵琶湖は遥か雲の下。横川中堂まで足を運べばもう人の気配も少なくなります。

観光客も多く車で移動する今でも冷気がひやりとして身が引き締まります。ましてや不便な当時の修行の様が目に浮かびます（凄い。ゾクッとする）。

法然や親鸞、日蓮、栄西や道元など鎌倉仏教からの始祖の学びはこの叡山です。

南都仏教に対峙しつつ、さらにこの叡山の天台や高野真言とも別れたそれぞれの宗派の開祖はどんな気持ちで修行を積んだのでしょうか。

今延暦寺は千二百五十年祭を迎えるといいます。「一隅を照らす」が比叡山の国宝であり祈りです。

国宝とは何か。一方で織田信長の叡山焼き討ちの時代を回顧しました。その時代での仏教権威や象徴が如何に覇権を握っていたかとの感覚がよみがえりました。

叡山を下り大原三千院へ。観光客沢山。ここも外国の人、人の波です。

立派な庭。

やはり人が良いというところは一度訪ねてみなければならぬものと実感しました。

今回は約６２０キロあまりの「小さな旅」でした。

記忘庵日誌　２０１５・４・10

三千院の庭　2017・4・7

小さな旅――②　チャレンジ道路

龍神から十津川に至るルートには425号線と県道735号線の二つのルートがあります。今回のルートは735号線。なぜそのルートが「チャレンジ道路」ということなのか。もちろんこのネーミングは私の独善です。

1　過疎へのチャレンジ

この道路は龍神温泉から丹生川沿いにヤマセミ温泉に至ります。さらにそれから和歌山県側から奈良県側の十津川に入る道です。

ヤキセミ温泉施設には「丹生ヤマセミの郷キャンプ場」という川岸沿いのキャンプ場も併設されています。昔の小学校の跡地は集会施設に変身。多分シーズン中少しは賑わいをみせるかもしれませんが、何せ遠隔地です。龍神の温泉からも狭い道路を1時間近く走らねばならない不便な地。なかなか車時代でもここまで辿り着くには都会人は勇気がいるのです。

ここから十津川までの間には数戸の家、集落と思しき地区はあります。しかしそのほとんどが廃屋と化しているのです。かつて人が住んでいたと思うと侘しさがこみ上げてきます。

すでに「過疎や限界集落」をとっくに超しています。それでも1戸、1戸が谷にへばり付くように生活の様子を留めてはいます。まさに杣人《そまびと》。ブータンやヒマラヤの奥地住民にも劣らない風情です。

「過疎」とはかように凄まじい。その意味でこの道を走ることは過疎の行き着く先の姿を如実に物語っています。こんなところに住み着いている人たちに畏敬の念すら湧き上がってくる思いです。

2　自然へのチャレンジ

TV番組の「世界の村で発見！　こんなところに日本人」では、日本から遠く離れた異郷のへき地などに住む人を尋ねています。遠い外国に行かなくても、狭い日本の国土の中でも、こんなにも人里離れたへき地に住む人がいるのです（そういえば「なぜそこ？」という番組もありましたね。大阪側葛城山麓の我が家にも有名な元プロボクサーさんを伴い突撃訪問されびっくりしたことがありました。それほど自宅は山奥、大阪でも標高400mに位置し、青少年の自然道場として使用していました）。

狭い日本とはいいながらも果無《はてなし》山脈の北側の広い紀伊山地周辺、紀伊半島のど真ん中にあたり、まさに果てしない山並みを縫うように峠を越えてこの道は走っています。それはアドベンチャーワールドの世界。野生動物の天国か。道端に車に轢かれたテンか狸かを何匹も見かけました。恐らく猪はじめキツネや鹿、クマも生息しているのでしょう。

今まで各地を走りましたが、こんな道は日本の道路の中でも数少ない、深山幽谷。

これはまさに自然探検ルートであり、自然へのチャレンジ道路なのです。

3　孤独へのチャレンジ

都会生活などで孤独をかこっていると感じている人たち。また利便性の高い生ぬるい生活に浸っている人よ。そして自分の甘えを克服しがたく日常に流されていると思う人は、一度こうした孤独な道をたどってみると良い。何よりのカンフル剤となります。

心の奥底から我が身を奮い立たせてくれるでしょう。


普通の運転なら2時間余で十津川の入り口の谷筋までたどり着くところを、道草しながら4時間以上かけて走りました。この間なんと車一台とも、人一人ともすれ違わなかったです。

5月の早朝とはいえ県道でしかもそれなりに整備されている道、こんなに寂しい心細い思いをしたのは久しぶりでした。

深く谷は抉《えぐ》れ、ところどころの落石、霧は周りをたちまち暗くする。孤独な一瞬。

少しやっかいですが、「孤独」か「孤立」か、人間が一人になるとはどういう存在価値があるのかを考えさせられる瞬間でもありました。

このルートは全国でも稀な、まさに「便利の象徴である車」での散歩道、ドライブ道なのです。
時々空き地に車を止めて思い切り空気を吸い雑念を払いましょう。

記忘庵日誌　２０１５・５・16

浜坂・余部ローカル線の旅

知人の経営する津山の大型施設が50周年を迎えました。その記念式典に参加しました。当日津山で1泊したあと翌朝すぐに因美《いんび》線に飛び乗りました。鳥取で山陰線に乗り換え、浜坂で途中下車して1泊、あくる日は城崎で宿。

山陰のローカルな旅気分を満喫しました。のんびり鉄道旅。山陰線の各駅停車の列車も因美線に負けず今も鄙びたものです。

因美線は「過疎」を絵に描いたようなもの。鉄路の利用者は通学か病院通いのお年よりしかいません。

私の乗った列車は多少の混雑はあるが、時間帯によってはその車列では一人であることも多かったです。心細さと、何かしら銀河鉄道の世界のウキウキ感。

山陰線で浜坂に夕方近くに到着しました。今晩の宿を決めねばなりません。

早速聞き込みをしたところ、どうやら温泉付きの安らぎ宿は浜坂にはないそう。湯村温泉まで行かねばならないかと思っていたら、そのとき一人の近所の方が素泊まりで良ければと紹介してくれたのが「松の湯」という素泊まり温泉でした。

JR 山陰線鉄路の傍に設けられた空の駅鉄橋の高さは 41.5m

ここは夏場は海水浴客の利用が多い公共施設になります。料金は２７００円。大広間の雑魚寝。しかしこの季節利用者は少なく、20畳もある大広間を独占。隣の小部屋は２〜３人の学生風の客が居るようです。丁度お湯が沸いていて温泉に浸る。管理人が親切。夕食は近くの漁師料理店を紹介してくれました。何と飛び切り新鮮な刺身定食に満悦。鮮度が違います。もう一度行きたい。

早朝に宿を立って途中余部《あまるべ》駅で下車しました。この鉄橋での突風で列車が谷に転落した事故がありましたが、当時の関係者を知るものとしていつも気になっていました。

今は見事に新橋梁が完成し、かつ日本海を展望できるデッキが設けられています。とても工夫されています。その遠望はまさに「海と空の駅」です。空想が広がります。

城崎には何度か来ています。しかしスポット的にしか覚えがありません。公衆浴場を回る外湯が有名です。今回は4カ所まで回ってお終いにしました。流石前日までの疲れもあってか温泉通の私も今回これで満悦。宿はこれまた素泊まりです。

居酒屋はまだ開いてなく、駅前近くの魚料理店で夕食。「一杯戴くついでに食す」といった方が正解か。結局料金的には普通に2食付きの旅館を予約した方が安くつく計算ですが、いつもそう思いながらもつい外食。吉田類の「居酒屋放浪記」ではありませんが、その土地の居酒屋などの味わいが楽しみなのです。

旅館で食した後、外で一杯という食べ方はすでに卒業。最初から外の店に入り歳に合わせてゆったりのテンポなのです。

ある禅寺の山門に「町中　みんなが『竹やりで米国をやっつけるのだ』と一生懸命訓練している。その中で『竹やりではB29を落とせない』ということができるであろうか?」と素朴な字で書いてあるのが目に留まりました。

どうやら今回の旅の第一の糧はこの言葉にあるようです。さすが禅寺です。うまいたとえではないでしょうか。

みんなと和するとも、しかし和して同ぜず、和して自己を偽らず、その時にはすでに遅しとならぬよう……ことばに謝謝。

記忘庵日誌　2015・11・8

尾瀬の自然・地球の深部が地表に浮かぶ

毎年30万人が訪れるという尾瀬。

数年前さすがの尾瀬の地塘《ちとう》のきれいな水も大洪水で茶色く濁ったといいます。それでもようやく3カ月後には元の澄んだ水に回復しました。自然の凄さです。

高原台地に形成された湿地帯である尾瀬には「アカシボ」という現象があると聞きました。

4月からしばらくの間、池塘のみずたまりが赤潮のように染まる現象です。これを研究してきた学者がようやくその謎を突き止めました。

それはジオバクターという菌によるものです。この菌は酸素の代わりに鉄分を食らって生きる微生物とか。

例えば深海の酸素のない地割れからマグマを吹き出し、なんの養分もないように見える深海でも生き物がいるのです。こうした過酷な所で生きる生物の栄養源でありプランクトンです。

このジオバクターが泥炭層の浅い尾瀬のような水たまりで繁殖している不思議な現象。まさに古

アカシボ

代からの自然の営みがここにあるといいます。

尾瀬沼で春からしばらくの間に見られるある種の赤潮現象です。

アカシボ（赤渋）の奇跡です。

これぞ自然の神秘です。

今地球はようやく国連によって「持続可能な開発目標（ＳＤＧｓ）」の設定にこぎつけました。（注１）

こうした自然の神秘は、その必要度をますます高めていく証しにもなります。

（注１）１９７２年「あと１００年で地球の成長は限界に達する」との「ローマクラブ」の警鐘を基に１９７０〜１９９０年代にかけ

て世界110カ国以上が参加して「人間環境宣言」がなされました。

これがSDGs（Sustainable Development Goals）の始まりです。

2015年を目標として、貧困、教育、環境等の目標を定めたミレニアム開発目標（MDGs）をさらに革新させたものです。17の目標を設定しています。

記忘庵日誌　2018・6・6

旅物語――旅に学ぶII（海外編）

スペイン紀行

この旅行の目的の一つは、なんとか無事にこの長い空の旅をこなせるかどうかにあります。観光や細かな旅の楽しみは二の次です。空路トランジット含め片道およそ18時間の長旅です。今までにない遠距離を飛ぶことになります。体調不良や事故に遭わずに無事帰国できるかどうかとても不安です。まずは自分の体調管理を最優先で恙無《つつがな》く帰宅できることを願っての旅立ちとなりました（昨夜来の強風雨やみ曇り空の出発日）。

ウズベキスタン航空を利用して、タシケント経由でスペインのマドリードまで（現地ではマドリードないし、「マドリー」と前半にアクセントをおいて「ド」はほとんど発音なしと分かりました）。

なお「塔什干」と書いて「タシケント」（TASHKENT）とか。

夕闇の中。小雨に煙るタシケント空港。気温マイナス2度です。朴訥《ぼくとつ》な旧共産圏らしい空港職員

ミラノ・シェラトンホテル二階ロビーよりの展望　背後にアルプスの山並み

の応対。乗り継ぎの入国審査の通路入り口にある案内掲示板、誰かのインターネットの旅行記にあった、懐かしくもタドタドシイ日本語表記に出会うなど、確かに印象的でありました（写真撮りたかったが、トラブル避けて撮らずじまい）。

一日目タシケントまではほぼ順調に経過。ところがマドリードに間もなく着陸という寸前に飛行機はUターンし始めました。いきなりイタリアのミラノ空港に向かうというではありませんか。なんということ。同乗者一同の驚きとためいきが聞こえます。スペイン全土の空港が急なストライキとか。夕方から管制官が風邪だといって全員が引き上げ始めたといいます。通告なしの突然のストライキです。こちらのフライトではほぼ現地時間深夜に到着の予定でした。日本との時差は8時間です。

従って一日目はマドリードのホテルに投宿できず約2時間半を引き返してともかくもミラノ空港に早朝に着きました。

さてどうしたものか。添乗員はあたふた（しかしこの添乗員はベテランで英語の他スペイン語、イタリア語も片言ながらできるようだ。頼もしい）。一旦降りて入国検査を受け、再度スペインへ引き返すべく飛行機に搭乗したのですが、結局スト解除の見通しが立たずということで再び飛行機を降りました。空港に隣接したシェラトンホテルで数時間、仮眠というか小休止することとなり、やっと対応がなされました。この間すでに数時間経過しました。機内での待機、また降りたり再搭乗したりで、身体はじわりと疲労感が漂います。ウズベキスタン航空の対応はゆっくりもったりという感。

このミラノ空港はごちゃごちゃと複雑で、とても広い感じを受けました。何回もの通関の検査で相当に疲れ果てました。乗り継ぎでしかも突然の立ち寄りとあって空港の職員も扱いに当惑しています。職員の指示間違いで、一度列に並んで入国検査も終わったと思ったら、並ぶ団体の列が違うということで再度パスポートや何やらと提示して再検査を受ける羽目になりました。手荷物以外の荷物は飛行機に載せてあるのでまだしも身軽でよいのですが、やれやれ。「なにが何やら」という感じです。こうなったらなりゆきにまかせるより他ありません。

とてつもなく広く大作りのホテルです。眠くて虚ろな目にも2階のロビーの前に広がるイタリア側からのアルプスの雪景色が鮮やか。やけに印象的でした。仮眠を取るまでもなく、パンと簡単なメニューの朝食とも昼食ともつかぬビュッフェスタイルの食事をしてミラノの市街見学をするといいます。せめてここまで来たので、この際いつ解除されるか分からぬストを漫然と待つことなくこの時間を有効に使うこととなりました。お陰でホテルの客室で少しくつろぎ食事ができてほっとしました。簡単な食事とはいえ、急な対応で一度に二百数十名の同乗した乗客の食事が用意できるシェラトンホテルに感謝。

こんなわけでこの後のミラノ市街への外出はとても印象に残る見学となります。すぐホテルからのアクセスができる市電とメトロを乗り継ぎ1時間あまりで市内の中心部に着いたのです。市街はとても混雑していました。

ここではよく写真で見たミラノ大聖堂やスカラ座の実物を見学できました。大聖堂の屋根裏に上ることができるのも新鮮な驚きでした。

エレベーターを使わずに、ぐるぐると何百段の階段を歩いて上りましたが、まさに見事なゴシック調の石造りの教会堂です。われわれはミラノ大聖堂と言いますが、ここではボウノ大聖堂と言います。この大聖堂近辺の商店街の街並みは、ヨーロッパやイタリアの石造りの伝統の街づくりを象徴する一角であると思われます。

ここでまたしてもアクシデント。ボウノ駅から地下鉄でホテルへ帰路、グループの1人の女性が地下鉄の混雑に紛れて集合地点に来ないのです。散々捜してやっと合流、事なきを得ました。ツアー旅ではよくあることです。

午後8時30分、ミラノ空港発の予定。夜6時過ぎに空港ロビーへ。ストはようやく解除されたといいます。午後10時25分マドリード空港着。バスですぐトレドまで移動。ホテルには朝方1時着でした。

ここでまたアクシデント。レンガ造りで洒落たスペインの民芸風のホテルのようですが、また風景も高台でよさそうなのに（暗いのでよく分からない）、何せ田舎のこと、水道や水周りが日本ほど整備されていない様子。夜遅くしかも皆疲れていて一斉にシャワーを使ったので途中から水になり、ヒャー。風邪を引きそうと、慌ててベッドへもぐることとなりました。

丘の上のトレド旧市街へのエスカレーター入り口　トレドの教会堂前（昔は石段を歩いて上ったという）

朝は少しゆとりあり。くもり時々小雨。しかし散歩には支障なし。高台のホテルの周辺を歩いてみました。確かにスペインの香りがします。これがスペインの大地なのです。

この日はゆっくり10時にホテルを出て、いよいよトレド市内観光です。教会堂のグレコの絵画を見たり、レンガや石造りの古風な市街地の路地を散策したりしました。トレドは一口で言って中世が現在に蘇った1枚の絵を見るがごときスペインの古風な伝統を色濃く残す町です。階段や石畳の坂道が多いのですが、今は狭い路地にも生活のために車も走っています。

午前中のトレド観光後、象嵌《ぞうがん》細工の工場を見て、延々と続くオリーブ畑と小麦畑や牧草地の続く台地を抜けて再びマドリードへ。自由昼食のあとプラド美術館、ドンキホーテ記念碑の広場や旧スペイン王宮を見て回りました。

昼食はいささか予想と違った展開。簡単に単品のピザで済ませるつもりが、何を間違ったかフルコースのピザパイとなりました。まさにボリューム満点。まず大型の固焼きパンが出てのち、おもむろにスープ、パエリアそしてピザ。最後にコーヒーというまさにフルコースです。そういえば現地のガイドブックに「ほとんどフルコースで出てくる。その方が結局安上がり」と書いてあったのですが、それにしても単品で頼むコツが分からなかったのです。

お腹パンパン。癪なのでパンとピザはこっそり包んで持ち帰ることとしました。とても食べられたものではありません。現地の日本人ガイドが説明して曰く、彼らの胃袋はとても日本人の比ではありません。ワインの飲みっぷりといい、肝機能も違う様子。体格からして。

プラド美術館は圧巻でした。在スペイン17年目という日本人女性ガイドの美術館内でのガイドは品と風格を備えた物語性のある絵画の説明で、堪能しました。エル・グレコ他、当時のスペイン宮廷画家、美術の秀逸の贅沢でありました。

コンフォルテルスイートホテルに4時過ぎに着き、この夜は熟睡しました。スイートなのでとても広く快適です。

次の日はクエンカ（CUENCA）への旅。ここは世界遺産の街です。マドリー郊外を抜け、ラマンチャ地方の田舎へ入りました。

まさに中世のドンキホーテが旅した田舎を彷彿とさせます。ラマンチャとは「乾燥した土地」との意。その言葉の通り、果てしない草原、オリーブしか育たない荒地です。

バスの長旅を楽しみました。もちろんこの沿線には今は高速道路も整備され高速鉄道も走っていますが、当時この乾燥地域でのロバの背に揺られての長旅はどんなものだったでしょう。時々に見かける風車を相手に戦いを挑んだドンキホーテやサンチョパンサの滑稽なしぐさが目に浮かぶというものです。
クエンカという遺跡の地域に入って、ようやくにしてこの渓谷沿いに松やポプラなどの潅木、樹木が目に付き始めました。ここは大地を穿《うが》ち削り取った渓谷で、その崖の上に教会を中心に築かれたわずかな集落です。まさに中世の教会を城とした典型的な城下町といえます。崖上に突出した奇異な家々の構築はまさに世界遺産としての圧巻。見事に絵になります。

クエンカの町の中心部へ下りて昼食。Restaurante El coto de San Juanとあります。この界隈の窓にはバショウの葉がいたるところに飾ってあります。古来のまじない。

このグループ一行17名が円形テーブルを囲んで大いに盛り上がりました。美味しいワインのせいです。たらふく飲めます。サービスです。リオハ（ＲＩＯＪＡ）というワインは美味しいワインの代表と聞きました。

午後2時10分、レストランを出て再びマドリードへ戻ることになります。

最後の日のほぼ半日は冷たい小雨の中マドリードの市内を歩いて廻りました。ポプラをはじめプラタナスなど街路樹が大変豊かに植栽されています。すべてがかなりの大木です。丁度落ち葉が多く積もっていましたが、かまわず自然に任せていて、ひとり市の清掃員が懸命に掃いています。

街路がとても広くしかも道路の両サイドに整備されています。自動車は路肩に駐車できます。これらはとても生活者にとっては快適です。まだ店の露天テラスを張り出す余裕があります。

スペインもご多分に漏れず人口の都市集中型です。また高齢者も目立ちます。日本ほどでないにしても徐々に高齢化していることは間違いありません。10階建てのアパート、マンションが多く、生活しやすく感じます。街並みが何か郷愁をそそるしっとりした佇まい、緑も多いせいかな。

ちょっと買い物をし、郵便物を出したのち、お金を出し入れし、少しコーヒーなど飲んで休憩。すべてが手近な距離にあります。街路のいたるところに驚くほど簡略なスペースに銀行のキャッシュカード機器が設置されてもいます。

時々降る小雨。しかし概ね歩くには支障なく十数キロは散歩できました。スペイン人は寒がり。みんなコートの襟をたてて寒そうに歩いていました。しかしわれわれ日本人からすればちょっと肌寒い程度。かえって皮下脂肪が多いのが災いしているのでは。いややはり緯度の違いですね。

こうしていよいよ帰国の途に就きました。今回は順調であったといいたいところですが、またしてもトラブル。飛行機の座席がダブルブッキングなのです。しかも何十人と。私も結局20ＡＣ席から30ＤＦ席へ移動させられました。なにゆえこんなことになるのか。多分コンピューターが悪いのかも。この調整で機内はバタバタを繰り返し、おまけにタシケントではイスタンブール便からの乗り継ぎ客が遅れたので、1時間以上缶詰め状態に遭いました。こんなことはしょっちゅうあると見えて、クルーは一向に慌てた様子はありません。ツアー旅行にありがちなのです。

タシケントでまた時差をプラス4時間、東京までにまたプラス4時間。時差とは全く不思議。マドリードを午後5時45分に出発して朝の5時30分にタシケント着。成田経由関空夜の22時50分着となりました。ああシンド。最終の南海電車にやっと飛び乗りました。あやうし。

だらだらとした記録に付き合っていただき恐縮でした。


さて今回の旅全体の行程で印象深かった三大ポイントを挙げるとすれば、なんと第1はタシケントから中央アジア、中国大陸を横切る時、眼下に眺めた広大な乾燥した大地、ゴビ砂漠で湖が干上がり塩湖になる様など、乾燥した不毛の大陸の恐ろしさを肌で実感しました。ずっと飽きずに眼下を眺めたので首が回らず困りました。モンゴルや黄土高原上空等、何時間も同じ乾燥大地が続く、なんという広大さ。

第2はやはりトレドやクエンカといった教会堂中心に築かれた石の文化、中世的歴史的景観。

第3にプラド美術館のスペイン王宮以来の王宮美術の収蔵物に圧倒されました。


今回の旅は、いろいろとトラブルに巻き込まれつつも、当初の目的である「無事の帰国」を達することはできました。

体調不良を訴えるすべもなく、いつも緊張に包まれてハラハラしながら旅をしたといえます。結果、大の問題が小の虫を殺した。つまりハラハラドキドキがあったから、疲れを覚える間もなくい

つしか出発点に戻ったということです。

人間の成せること、すべからくかくありきです。もちろん道中でのアルコールは多少控えました。また機内食も出されるたびにすべて戴くのですが、たらふく食べることは避けたのがよかったのです。何せこれはいつの食事（夕食～夜食？）かと迷うほどに次々出てくるものですから。

記忘庵日誌　２０１０・12・３～８

タクラマカンへ（遥かなるシルクロード浪漫の旅7日間）

ゴビタン―それは「何もない荒地」を意味します。タクラマカン―それは「死の世界」。はたしてそうだったでしょうか。

はじめに

「今年はトルコだ」（昨年スペインを回ったのでヨーロッパから中東へ）と思っていたら、シリアでの暴動に始まり、エジプトや中東のイスラム圏まで政情が不安定になってきました。「これはいかん」とばかり、急遽中央アジア方面へ予定を変更。チベットや中国奥地も時に政情が不安定になるので、これも多少心配です。しかし妻と「シルクロードだ。ゴビの砂漠が見たい、そしてタクラマカンへ」ということになりました。一生のうちシルクロードに行けるとは考えていませんでした。まさに遥かなる国です。普段はＴＶで流される「シルクロードの世界」や平山画伯の絵画展で満足していました。その地域の一端が見られるとなるとさすがに興奮を覚えます。

これがこの旅の出発前のいきさつです。いざ出発。

西安

河内長野のリムジンバスに乗り込んだのは5月15日（日）午前9時です。おだやかな日和。いつもより朝ゆっくりした出発なので楽です。関空では午後1時40分の出発前、関空利用促進のために配られている店のサービス券（一人分５００円）を使って昼食代の一部に充てました。

一日目は上海で乗り継ぎ西安へ。


市内で夕食、ホテル西安賓館に午後10時30分着の予定です。

関空はわずか10分遅れで出発できました（MU-S16便　中国東方航空　CHINA EASTERN）。

ゲート集合までにすでに3回もトイレ。また機内食。お腹が張り、またトイレ。

沢木耕太郎『危機の宰相』を読む。

上海でトランジット（MU-2158便）。少し暗くなりつつあり、曇り空。時差1時間遅れ。

西安まで夕焼け空を飛ぶ。機内食は少し控える。西安には予定より30分程度の遅れで到着しました。気温28度。

夕食はギョーザと副菜。「雪花ビール」を飲む。たいてい30元。レストラン「徳発長」。ギョーザのおいしい店という。ここは水餃子より蒸ギョーザが良いという。
今日は10時間近くかけて中国内陸部まで移動してきました。

二日目　西安、すなわち昔の長安

昔の中国の首都であり歴史遺産は多い。遣隋使や遣唐使はこの都に来たのです。日本の奈良や京都はこの都をモデルとしてきました。
昨日着いてからライトアップされている西の城門（シルクロードの起点になったところ）を見る予定でしたが、時間がなかったので朝見ることになりました。

次に大慈恩寺（大雁塔《だいがんとう》）を11時までに見終わり、兵馬傭抗《へいばようこう》へ。ここは見ごたえありです。普段TVで見るのと違って、そのスケールやどんなところに位置しているかなどの地形がよく分かります。さすがの臨場感に感動。秦の始皇帝の時代からの中国のスケールに圧倒されるのみです。

午後1時、西安空港より四川航空にて敦煌へ。
午後4時50分、敦煌着。砂漠に忽然と空港。みんな驚きの声。「うわー　すごい」
乾燥そのもの。風が強い。空港周辺は猛烈に砂塵を巻き上げている。

夕食後市内へ。

三日目　敦煌

この敦煌の地は、すでに標高は1100mという。有名な莫高窟へ向かう。オアシス都市の比較的こぢんまりした市街を出て数キロ走る。やがて乾燥で砂漠化しかねないとのことで砂漠化防止に目下樹木の植栽に努めています。

昼食、とても暑くなる。白馬塔へ。

午後2時から3時までお昼休憩。現地では午後しばらく昼休みが当然との事。

鳴沙山《めいさざん》、月牙泉。ラクダに乗る。

トルコジュータン工場へ。たとえば1フィートに400本の糸嘫《いとつぐ》みで400ダンスという。これが多いほうが精密で高価なものです。

夜、月の砂漠をラクダでゆられて星空を見る予定でしたが、砂嵐で実現せず。残念。

ちなみに大概の中国での古い建物は1979年以降のものが残存しており、現在の新しいものは1990年代からの新建築となります。

四日目　オアシス村

敦煌から郊外に出る。玉門関、陽関に向かう。いずれも当時西域を守る関所の一つであります。狼煙は約5キロの距離で煙や灯火で繋《つな》いだという。どこまでいけども砂漠。ラクダ草しかはえていない砂礫《されき》の荒野です。途中唯一数百人がブドウ栽培しているオアシス村に立ち寄りました。カレーズという地下水路からの豊富な水をブドウ畑にしっかり吸わせている。天山からの湧き水。こんな豊富に砂漠の地下に流れています。驚きでした。

見学後ホテルに戻ってシャワーを浴び、駅までバスで移動して寝台車（軟臥）に乗りました。

五日目　トルファンへ

北京との時差は2時間。中国全体では57の民族で成り立っているといいます。うち47民族がここ新疆ウイグル自治区に住んでいるといいます。いわば漢族、回教族以外の少数民族が多いところです。

曇り、晴れ。もちろん雨は降りません。何せ年間の降雨量数十ミリなのです。

参加していた人の中では乾燥で目の周りの血管を傷めた人もいます。喉や歯などの穴が痛い。サングラスのほかマスクも必要品です。

今日は高昌故城、火焔山、アスターナ古墳群、ベゼクリク千仏洞、そしてカレーズを見ました。ベゼクリクとは「美しい」の意。

食事もシシカバブなどイスラム料理が多くなりました。明らかにイスラム色が濃くなってきています。街は予想以上に清潔でした。

六日目　ウルムチ（Urumqi）

荒涼たるタクラマカン砂漠の果てに忽然として３００万都市が出現。また驚きです。これが新疆ウイグル自治区の首都であり、資源都市です。天山山脈の雪解け水が地下水となって市民の乾きを潤します。石炭あり鉄鉱石あり、その他石油やレアアース。中国はここぞとばかりの首都への資本投下でかくも都市人口は膨れました。それまではわずか十数万の人口しかなかったということ。

このウルムチに入る前に十数キロにわたる風力発電基地を見ました。何というスケールか。やはり広大な土地の力を見せつけられます。

直線の国道沿いに延々と続き、数百基はあるでしょう。

ウルムチには天山天池があります。標高２０００メートルに満々と雪解け水をたたえた青い池です。まさに天空の湖。天の池なり。

いまその登山のバスルートの拠点に立派な観光の基地施設が建てられ、この5月に完成したばかりです。ここから専用の電気自動車で移動という工夫がなされていました。

七日目

またウルムチ空港から、上海を経由して関空まで帰路に就きました。

ウルムチ午後7時20分発が結局午後9時になってようやく出発。中国時間です。

上海には深夜というか午前2時前に着いてホテルで仮眠して早朝また飛行機に搭乗しました。

かなり疲れました。しまいのころ少し風邪気味かなと感じ、疲れてようやく持ちこたえている感。しかし大事に至らず無事帰国しました。サンキュウ。良い旅でした。

要約

以上ざっと旅程に沿った印象記です。

結局今回のタクラマカンへの旅で何を感じたか—その最たるものは何といっても「砂漠」を体

験したことにあります。「砂漠の生活」とは、日本では窺い知ることのできない異文化です。鳥取砂丘に象徴されるように、日本の規模はすべてが「箱庭的」です。

ゴビとタクラマカンとサハラなどではかなり砂漠の様相が異なるにせよ、「砂漠化する」とはどういうことかが実感できました。

タクラマカンは、何千年の時を超え、胡楊の木枠の中、熱沙でミイラ化した人間が何千年の時を超え蘇る地です。まさに死者が地下で眠る楽園でもあります。

今、敦煌は町を捨てなければならないほどの砂漠化の危惧も指摘されています。それほど現実に地球の砂漠化は差し迫ってきているのです。日本では「森林は神林に通ず」（南方熊楠）として深い森が守られてきた幸せがあります。

一方では洪水や集中豪雨などがあり、こうした地球規模の自然現象の変動を今回の旅を通じて実感しました。しかしそれでもなおこれほどの乾燥地にも人は住み着き自然と共存している強靭さも学びました。数日滞在しただけで、砂嵐もいとおしくなる。人間とはかくなる不思議な適応性をもっているのだと自覚しました。

第2に近代技術や工業力の逞しさです。こんな砂漠地帯にも雄雄しく数十階の高層ビルが林立し街が成り立ち、荒野に比類なき巨大風力発電所が開発されています。まさに荒れた野も資源の宝庫であったり、新エネルギーの拠点であったりします。

タクラマカン（死の砂漠）は今や巨大な風力発電基地などで人間の生を支えているのです。ゴビタン（何もない砂礫の土地）ではなかったのです。

広大な大地は無限の可能性を秘めています。こんな広大な中国は、東シナ海の資源などに拘らないで欲しい。シベリアの大地を持つロシアもしかり。北方四島に拘らないで欲しいと言いたい。お互いに共存したいものです。

第3にやはり歴史の重さです。シルクロードという道はありません。しかし砂漠の隊商が陶磁器や絹織物やその他の生活物資を運ぶうち天山南路や北路、中路の道なき路が拓かれていったのです。

交易の重要さ、そして信仰の力などが合わさった路。玄奘三蔵に限らず仏典を求めての旅の足跡など。

一方、周・秦・漢・唐などの各年代、中華の統一までの巨大な権力の足跡。歴史的な重みが地理的な広大さに比例して今日の中国の底力があります。

かくして風土は人間を造るといえます。

中国人の大声やゴミ捨ての無頓着さは日本に旅してきめ細かな自然や人間関係に学んで欲しいで

す。また日本人の繊細さは、中国に旅してスケールの大きさを一方に加味すると良いでしょう。そうしてすべての民族が肝太く腹すわり、繊細な心遣いを鍛錬《たんれん》したいものです。旅はその良い鍛錬の場の一つとなるであろうと思います。

この度の中国人のスルーガイドさんはとても研究熱心で歴史にも詳しく、また添乗員の大井田さんは論理的かつよく気づき深みのある（元語学講師であっただけあって）哲学的ツアーコンダクターでありました。恵まれた旅の環境を演出してくれたと感謝しています。それにしてもお二人ともよくおしゃべりになる。疲れも知らず飽きもせず。

補遺

翻って日本の現状から

東日本大震災から2カ月半近く経ちました。菅内閣は続いています。「牛のよだれ」政権になるかもと評論家は評しています。菅総理は震災後いち早く挙国一致内閣を成立させ、国難とも言うべきこの震災、原発事故対応をすべきであったかも。それが地位に恋々としているかの印象を与えてしまいました。**いわば度量がない。スケールが小さい。**その時「菅さんに首相を継続せよ」と言われればやればよいのであって、政権を投げ出せとは国民は言っていないはずです。菅さんは何もしていないとは思いません。しかしなんとなく場当たり的で、政策の立て方がチマチマしている。さすが市民運動家出身の思考方法だったと国民は見ていました。

それでも電力供給については、「今までの計画を白紙にして見直す」との方針を打ち出しました。しかしどういう方向かは未確定です。そのうち「原子力村」勢力に駆逐されてウヤムヤになるのではないでしょうか。

ドイツはすでに2022年までに「脱原発」を打ち出したという（2011・5・30朝日新聞）。オーストリアも脱原発の方針と聞きます。ドイツは現在の原発依存が二十数パーセントで日本は四十数パーセントと依存率が違うからなかなか方向転換ができないという議論もあるでしょう。

今まで70年余生きてきた中で私が最も衝撃を受けたことの第1・2は広島・長崎の原爆であり、今回の福島原電事故を含む東日本大震災という天災・人災でありました。第3には2001・9・11の同時多発テロ、そして第4にソ連邦の崩壊とその前のベルリンの壁の崩壊。第5に阪神淡路大震災です。その他ベトナム戦争やいろいろと浮かびます。

いずれも宗教対立、イデオロギー（思想）対立、政治対立などが原因です。一度に数万人数十万人が亡くなるという現実は避けたい。ある日突然、それが何百年に1回のことでも、丸ごと自分の生活環境が破壊され、生活の拠点を失くしてしまうことはあってはいけません。これらの事件での日常の破壊は残酷です。

常日頃、次の世代、若者に何を伝えたいかを考えています。

われわれ人類が生きてきた過去から学ぶことは、このいのちを育む地球の環境を守り、そのための絶えざる努力をしなければならないということです。

まずは「戦争」は避けねばなりません。これが人類の第一命題です。

そして原子力など「自然破壊のエネルギー」を人間はセーブした方が良いでしょう。

ある作家は、「原発」の論議の場で、「人間はチャレンジ精神を失くすことが最も恐ろしい。従っていかに原発を止めるかより、有効に活用するか、被害を抑えるかに科学技術の進歩をかけることが大事」と言っていましたが、同じチャレンジでも新エネルギーの開発に技術力を注ぎたいものです。

記忘庵日誌　　２０１１・５・30

歴史街道―シルクロードに沿って　トルコ

今回はトルコへの旅。丁度イランが内紛中で、トルコ側へ多くの難民が避難してきています。またトルコ側もロシアの牽制をかわしつつ、ＥＵの要望を入れてパトリオットミサイルを配備するというニュースの最中。少し心配はあるものの目下のところ旅行情勢には影響がなさそうだと判断。そんなわけでこの機会にツアー客の一人となりました。

トルコといえば「カッパドキア」の奇岩群、また洋の東西の文明の交差点イスタンブールの魅力ぐらいしか頭にありません。まことに貧弱なもの。今更どんなにすばらしいものといっても奇岩を見て驚くほどのものでもないと高を括っていました。

しかしです。なんと歴史の宝庫。一頭のロバを先導役にしたラクダの隊商が2万キロのキャラバンの旅をしたシルクロードの道でもありました。

昔、「トロイの木馬」の物語を聞いてきました。まさに「昔物語の世界」と意識していました。日本での「竹取物語」や「桃太郎」の世界です。しかし「トロイ」は現実にしっかりとした史跡として残っていました。日本でかぐや姫、竹取物語の里を名乗るいくつかの町に公園や史跡らしきものが保存されていますが、スケールも史実の跡も格段の違い。歴史の重みとはかくなるものか。もちろん城にしても教会にしてもその多くは時の権力者の圧政の跡であったり、宗教の権威の象徴であったりする場合が大部分ですが、トルコの古代の街の跡は当時の市民の生活の匂いがします。

エーゲ海とマルマラ海を隔てるダーダネルス海峡を渡ってトロイアに着きました。

このトロイアの都市はB．C．30～A．D．7世紀にわたって7回にわたり建設、破壊、再建が繰り返されてきたといいます。しかも同じ大地に少しずつ土地を嵩上げしながら新たな都市を築いてきたというから驚きです。今もその地層の跡がくっきりと姿を留めています。

これらの都市国家はA．D．7世紀のエーゲ海大地震で大破壊され、すべてが地中に埋もれてしまいました。このトルコの土地にあった古代都市の遺跡エフェソスをはじめとする都市国家の崩壊・埋没はほとんどがこの大地震によるものといわれています。それは今日の東日本大地震に匹敵します。あるいはそれ以上か。焼レンガや石造りであったので被害はさらに大きかったと想像できます。しかし石造りの街であったため、今発掘を進めてみて土の中から瓦礫を除いてみるとその姿はよく残されていることが分かります。

紀元前からのすばらしいその壮大な都市の規模や建築や工芸（特にモザイク模様）、文化の水準の高さに感心させられ驚き以外の何物でもありません。日本では記紀神話の時代です。なお、トロイ遺跡を発掘したのはドイツ人シュリーマンですが、遺跡の大切な発掘物は持ち帰ってしまったといわれていることはご承知の通りです。

トルコ（TURKEY）はおよそ日本の面積の2倍のところに人口はその半分にも満たしません。

我々はシルクロードの道に沿ってバスで1日目500㎞、2日目450㎞、3日目700㎞という極めて長距離を何回か移動して回りました。どこもが平地が多く時々の丘陵地で、北海道のような広がりを見せていました。日本に比べ河川が少なく乾燥地が多く、また山岳が少ないと勘違いしがちでしたが、東部にはあのノアの箱舟で有名なアララト山をはじめいくつもの山脈もあります。この山群と比較的雨の少ない乾燥地が、牧草や畑地として開墾され、麦や乳製品が多量に産出されます。どのパンも味があって美味しいと感じました。チーズはこの際と思い、たらふく食べました。どれも塩味がキツイ。トルコ料理は世界三大料理に入るというが、確かに日本人の食味にも合います。さっぱり系が多く、オリーブや塩味で、野菜もたらふく食しています。

ギュナイドン（おはよう）メルハバ（こんにちは）バイ（男子トイレ）。

まずこれだけ覚えてさあ旅に出よう。

トルコ内には今10カ所の世界遺産が認定されています。

それらの遺跡群の中でもトロイやカッパドキア、ヒエラポリス・パムッカレなどは代表的な遺跡群です。トロイは歴史遺跡、カッパドキアは自然遺跡、そしてヒエラポリスーパムッカレは石灰棚と温泉、ヘレニズム時代に形成された町ヒエラポリスという歴史・自然遺産の混成。

特に歴史遺産は古代ギリシャ・ローマ時代からの遺跡群で、イタリアの本国以上によく保存されているともいわれています。

来年は世界遺産に登録されるというエフェソスというトルコ最大の都市遺跡がありました（周囲11キロ）。これは他の古代都市を凌ぐものです。世界を旅したツワモノもエフェソスの図書館跡に佇みつつ、「ここは古代ローマ時代の姿を偲ぶのに最も優れた遺跡」であるともらしていたといわれています。

このエフェソスのB.C.12世紀に造られた都市国家遺跡がなぜ今まで世界遺産に登録されなかったのか。それはここを発見したオーストリア人が地権を持ち、その権利のため今まで拒否されてきたといいます。一方パムッカレ石灰棚のある都市ヒエラポリスはこのエフェソス都市より少し小さいがまさに住みたくなる都市の典型的な景観を備えており、温泉施設もあって「オオ・ワンダフル」の一語に尽きます。

カッパドキア（ヒッタイト語〈ペルシャ語〉で美しい馬の国の意）はかなりの高地。当日もあくる日の朝も冷え込んでいました。

早朝7時、気球に乗る体験。まさに空中散歩、期待を裏切らない冒険でした。幸い空気清澄、冷え込みが強かったのですが数十機の気球が見事に朝焼けをついて出航しました。

大きな気球で十数人乗れます。まさに気球操縦士の腕に委ねられる、という感じです。

私たちの乗った気球の操縦士は狭い谷、しかも潅木の茂る間の傾斜地に気球を着陸させるという離れ業をやってのけました。これは相当の技術者です。どうして気球を回収するのかというと、トラックに気球の台座をそのままソフトランディングにして乗せます。そして気球の布を皆で一斉に足で踏みながら畳んでいくという手法。これで回収終了。

「バンザイ」思わず叫びたくなりました。試乗後ワイン、シャンペンと菓子でカンパイの演出。なんと客を楽しませてくれる演技か。トルコ人も日本人客のもてなしを心得ています。

この気球熱は7年ほど前から始まり観光客で賑わっているといいます。


このアナトリア高原はカッパドキアの奇岩群でも有名な地であります。

ほとんどの人が写真や映像で知っている有名な観光地。しかし、百聞は一見にしかずとはこのこと。まさに自然の数奇な造形物。やわらかい火山灰、40㎞もの距離を飛翔した灰が堆積しそのあと風雨が浸食してできた台地。これがカッパドキアです。この岩石をくり貫き住居にしていた人たちは、またやがて侵食され崩れた廃屋になり、今や転居のやむなきに至ったといいます。私の驚きは大きく、自然と歴史の織り成す光景に唖然《あぜん》とさせられました。

バーナーでの熱で始動　発射　オーライ

イスタンブールの町では早朝まだ薄暗い中ホテルを抜け出して散歩しました。朝の祈りをマイクで奏でていたのでつい誘われてモスクに入りました。

ステンドグラスの飾りの尖塔《せんとう》（ミナレット）も6本ある大聖堂。数十人の人がコーランを唱えていました。誰も奇異な目で見る人もなく、規制もなくて自由でした。多分日本人の信者と思われたのか。貴重なモスク体験となりました。

この聖堂はブルーモスクであった。あとで観光の時のガイドの案内では、この柵より中には一般信者は入らないこととか、この後ろの柵は婦女子の席とか聞かされてやれやれと思いました。

このイスラムの祈りは現地ガイドに確かめると、毎日5回、早朝10分、昼15分、午後15

アナトリア高原の朝　気球軍団

分、日没15分、夜20分と刻んでいるとのこと。早朝とは明るくなる前、日没とは暗くなって15分、夜とは暗くなって1・5時間ぐらいということです。

忙しい現代社会では、会社勤めなどの人はこの回数の義務を守れません。必然的に略式になるといいます。この義務を今でも厳格に守る原理主義者も多いです。彼らは普通の仕事に就かず自分のペースで仕事しています。これは「ゆとりのある人」ということになるらしく、大概の村人の生活では、午前中に作業、昼カフェでチャイを飲みトランプ、礼拝コーラン3回というのが普通らしいです。

各地域の村々では尖塔のあるイスラム教会が目立ちました。これはスンニ派の人が棲む村ということです。

トルコという国を理解するには、その地形や自然条件からみて三つに分けて考えるとよく分かるといいます。人口の30％はヨーロッパ系　70％はアジア系　16、17世紀には24もの多民族国家であったといわれます。

東　高地、７００㎞も続く山脈が連なる。クルド人が多い。平均寿命59歳。ジャガイモ、ダイコンの産地。

中央　平地、トルコ人が多い。平均寿命67歳。小麦・大麦・燕麦・バーク　アナトリア地方では冬マイナス５度、オリーブだめ。ブドウの産地。

西　低地、ギリシャ、マケドニア人。平均寿命85歳。オリーブ・果物の産地。

その他トルコでの印象では、カラスが小振りです。道路が数キロも直線コース。メアンドロス平野やパパメシア平原では道路にカーブはありません。４〜５月のケシの花そしてバラなどが一斉に咲き見事な彩りといいます。

こう見てくると、トルコでは寒冷地から温暖地にかけてさまざまな作物が作られており、その量や種類も豊富です。特に小麦は多量に取れ、従ってパンは主食です。

田舎ではどこでもパンを焼ける釜があります。ここで自由に自家製のパンやピザ（地元ではピザはトルコ発祥と考えています。トルコ側からすればイタリア風ピザ）を焼き、そして蔵でチーズを保存しています。自然の自給製品でうらやましい食生活であります。

チャナッカレのチーズ、チャイといえばリゼ産が有名。

料理では「サルチャ」（トマトペースト、トマトを茹で潰して塩味）が必ず登場します。「クルファスリエ」（白インゲンを茹でてまな板使わないでタマネギを切り、オリーブオイルをたっぷりかけ、実を潰して絞る。サルチャと塩、コトコトと1時間煮る）

白チーズ＝ベヤズペイニール　羊の乳をしぼり塩にまぶして5カ月以上熟成させます。

トルコのチーズはどこも塩がよくきいています。

「ケシケキ」これはトルコの食の文化遺産の一つです。小麦を一晩水に漬け、地鶏蒸しの上に被せる。鳥の汁も加え、薪火で4時間煮る。骨を丁寧に取り除く。棒で潰して混ぜる。塩味、下から上に混ぜながら練る。水を加えつつ交代しつつさらに混ぜる。熱々のオリーブオイルを加え、さらに唐辛子入りオリーブオイルをかける。

これらの料理は料理研究家のコウケンテツさんもトルコの旅で紹介していました。トルコの料理の代表的なものであります。

イスタンブールでは海峡の町の東西交流の雰囲気を味わいました。バザールの賑わいやアヤソフィア（神様の知識）のことなど、モスクのある街並みは日本人の目から見て異国情緒に浸れるものです。

お酒をたしなむというガイドさん。ウイスキーが手に入っても高価なのでいつも日本人のツアーコンダクターに頼んで東京から運んでもらうそうです。この人はエネルギー関係の商社マンで、日本の四日市でも研修したそうで国営企業の技術指導者であったといいます。今や退職後の楽しみとしてのガイド役。一応イスラムの信者の証しを持ちながらも、根っからの原理主義には批判的。「私は戦争を起こさない宗教なら、八百万の神も信ずるという平和主義者です」という愛嬌のある面白いインテリです。従って特に歴史的なものへの説明には拘りがあって誇り高い。

そのパイクさんの薦める現地の酒、「ラク」（45度、必ず水で薄めて飲むこと）を飲んでみました。イスタンブールの橋の袂、ようやく売っている店に入りました（さすがイスラムの国、アルコールといえば怪訝な顔をされます。とくに旧市街では）。

それまでに満腹していたのでラクだけ注文しました。日本円しかなかったのですがＯＫとのこと。

チビリチビリと飲んでいたら「これはマスターからのサービスです」といってお皿に二盛りもの料理を運んできてくれました。嬉しいやら驚くやら。何もアテなしに飲んでいるので同情されたのか、それとも日本円の効果、珍しい日本人と思われたのか。別れ際お礼に私の描いたスケッチを見せながらさよならしました。

帰途まだ酔いは醒めません。酒に強い私もこれはやはり「ラク」のせい。目ざとく私の様子に気づいたのか、それとなく添乗員が皆にいろいろとトラブルの原因を説教しはじめました。途中全員を足止めした事故もあったとか。云々。お陰でこの説教がきいたのか帰路のアルコールは控えました。無事関空に到着。この添乗員に感謝です。

序でながら往路はトルコ人クルーで純粋のトルコ航空。なかなか威勢のいいクルーでありました。お茶を客のひざにこぼしてもすぐティッシュを渡しにこりと笑い、〝はいそれまで〟とこだわりがありません。

帰路も同じくトルコ人クルー。なぜかしとやかであります。言葉やものごしが丁寧です。トルコ航空とANAの合同運行なのです。さすがのトルコ人も日本人的クルーの仕事となっていました。

しかしなぜかトルコ航空クルーが懐かしい。

こんな思い出が旅を飾ってくれたのです。

記忘庵日誌　2012・12・13

私のインド

真夏のインド

70代になるまでインドに行けませんでした。

季節も何も考えず思い立ったら吉日とばかり、この5月下旬から6月上旬にかけて旅することにしました。体調を整えて細心の注意をしました（もうこれほど身構えねばならぬ歳なのです。まずは食あたりの不安）。

わずか1週間でデリー・アグラ・ジャイプールを巡回。いわゆるゴールデントライアングルと称されるインドの中心地域の訪問です。今回はベナレス（バラナシ）コースはなぜか催行不可となりました。

現地に行く寸前、初めてこれは大変な季節を選んだことに気づきました。季節はまさに灼熱のインドです。お陰さまでインドの真夏を体験するはめになりました。

今日も暑くなりそうです。

夫以外には顔を見せてはいけない宮殿の女性が町を見下ろす**風の宮殿**。奥行き浅く、どこからも風が入る工夫・ジャイプール（JAIPUR）。旧市街の大路に面しており目下街路改修中でした。

日中は46度もあるといいます。しかし木陰に入ればなんとか凌げます。湿度が低いから風を含めば体にヒンヤリ感はあるのです。絶えず水分を補給しないとすぐおかしくなろうというもの。首にあてた冷やしタオルが効果的です。

これだから長期旅行にしなくて正解でした。皆、バテきってしまうこの暑さを敬遠していたのです。現地の人もバテている中、リキシャに乗ってゆっくり一休みしながらの市街見物となりました。

混沌のインド

何事も体験。「百聞は一見にしかず」とはこのことです。体験学習の大事さ。これは何も子どもの教育だけではありません。生涯学習なのです。

人生の「長生き」の意味は何か。その一つは日々新たな体験から人生の真理を発見することにあるといえます。

では今回の旅ではどんな真理を発掘できたのでしょうか。

一言で**インドの状況を表現すると、今なお「混沌・カオス」の世界という現実です。**（注1）ITの最新技術立国なのに。

この現実にいかなる真実が隠されているか。そんなことを考えながら毎日旅をしました。しかし一向に埒があきません。暑さのせいもありますが、思考回路がぐるぐる回っています。デリーのクタブミナールの塔は歴史遺産、回廊の模様は秩序そのものです。このインドの文化と最新の技術立国がアンバランスです。

インドが21世紀に入ってなお示している社会現象とはこのようなもの。

（注1）カオスの語源はギリシャ語であって、大口を開けた「空（から）からの空間」、「有限なる存在すべてを超越する無限」を象徴するものとあります。そして混沌とした状態です。またこの事象は積分解析では捉えがたきもので数値解析によって可能。しかし、その過程での誤差によって結局は予測不可能となります。従って「予測できない複雑な様子」を示す現象とあります。

しかし決してランダムということではありません（Chaos theory）。

他国に比しても劣らない近代的なビル。しかし清潔なホテルを一歩出れば、その玄関先ではゴミと遊民がたむろし、ゴミを漁る牛と人間の親子が共存？ 高速道路というものの牛や家畜が侵入してのっそり歩いています。そこに人漕ぎのリキシャが行き交う――。

カースト制度の影響、今なお色濃く現実社会を包み込み、極貧民と見られる親子がゴミを早朝の街角で漁っている姿が目に飛び込みます。一方で豪邸が辺りを区切っています。マハラジャの別荘ともなればその広さも格段。

こうした街角の姿を何と見るか。

誰もこれを不思議と思っていません。

ときどき箒で道を掃除する人あり、めずらしい光景。但し家のソバだけです。

ヒンドゥーの神々

インドは中国の生活事情やタイやベトナムなどの東南アジアの国々の文化を合体させたような佇まいをみせています。

そこには**ヒンドゥー教という宗教を根にもつ文化**を意識せずにはおれません。

ヒンドゥーからは仏教も分派しました。ヒンドゥー教徒はこのことを誇りにしています。シヴァは破壊と再生の神、その妃はパールバティ。ヴィシュヌは維持の神、ハヌマーンは猿の神さま。ガネーシャは太った顔に象の顔、商売のかみさま……いわゆる八百万の神です。人口の80％がヒンドゥー教徒であるといわれています。仏教発祥地でありながら仏教徒はわずか数パーセントです。10億人以上もの人が暮らすインド。日本の9倍に近い国土を持つ古代文明の発祥地の一つインド。４０００年の歴史を垣間見ることになります。日本なら縄文時代前後です。

インドを代表する遺跡群

今回数箇所の歴史遺産を見ることができましたが、何といってもタージマハル（TAJ MAHAL, AGRA）は圧巻でした。わざわざこれだけを目的に見にきたという人もいます。

フマーユーン廟（ムガール朝2代目、16C）がタージマハルの原型となりました。

「白大理石の夢」と呼ばれていて、シャー・ジャハーン皇帝が愛妃の為に建てました。王妃の滅後１６３１年から22年の歳月をかけて2万人の職人を使ってできあがったといわれています。そしてほとんどの人がこの霊廟にまつわる物語を語り継いでいます。

白亜の霊廟は左右対称。壁の装飾は繊細な、これまた幾何学模様です。

１日の時間の経過によって映し出す景観が見事に変化します。とくにヤムナ側の反対側からの朝日に染まる廟は幽玄の佇まいをみせます。私たちが訪れた日は少し曇り日でした。それでも雲の合間にもれた朝日に照らされた姿はほのかにピンクにそまり、皇帝に愛された妃の恥じらいを示しています。今も忘れられません。

ピンクといえば「ピンクシティ」といわれている都市があります（旧市街だけで人口５００万人）。ジャイプル（ジャイプール）のことです。

この「ピンクの都市」は「勝利の都市」「ピンクの宝石」「旅行者のエデン」とも「ピンクのシンフォニー」ともいわれています。

その始まりはピンク色が好きなアルバート王子（ビクトリア女王の夫）の歓迎の印に街をピンクで飾ったことに由来するといいます。

風の宮殿（ハワ・マハル、ピンクの砂岩）、シティパレス、アンベール城、ジャル・マハル（水の宮殿）など見るべき史跡が多く残っています。

早暁6時11分　ほのかにピンクに染まるタージマハル（ヤムナ川を挟んで）は温かさを感じさせます。

手作業

手回しの機械でサトウキビから汁を絞っている姿が街角でよく目につきます。暑さ凌ぎの飲み物とし繁盛しているのです。

インドは労働人口には事欠きません。従って手作業で何事も進みます。「ローマは一日にして成らず」です。コツコツと街角で遺跡や建物の修復が進められています。この暑さの中、決して急ぐことはない。いや急げないのです。さすがに日中の炎天下では土木工事は一時休止している様子です。

それにしても驚いたことが一つ。近代ビルの建設もデリー以外ではその足場は竹を組み立てて使っています。それでもりっぱに高層ビルは立ち上がっています。まるで軽業師の世界です。

今　インドの農村は

今、インドの農村地域も混沌としているようです。丁度日本の農地解放前の状態にあります。地主が小作にお金を貸してそれがなかなか約束通り戻ってこない。昔のよしみも通じなくなったと嘆いているといいます。今ようやく電灯がついたばかりの所も多く、「不便なところではたとえば太陽光発電でもと考えたら？」「いやちょっと村のことを考えて地主がよかれと思って立派な自家発電装置を作っても、いつの間にかバッテリー設備が盗まれてしまう」と言います。刈り取った藁を保存する小屋は「べリー」といい、田畑のあちこちに点在しています。

今回のツアーガイドの方はデリー大学で語学を学んだ村のエリートです。デリーから1000キロ以上離れたお釈迦さんの生まれた地の近くまでときどき老親の様子を見に帰る親孝行ものです。極めて熱心なヒンドゥー教徒。それでも時々酒も隠れて飲むのだそう。「隠れて飲むなんて美味しくないだろう」と誰かが言うと、「いやこっそり自分の部屋で友達と飲んで口をぬぐってみつからないようにするのが面白いのだ」とおっしゃる。この姿に今のインドの農村が象徴されているとも感じました。

まだ大家族は維持されているが。

今回期せずして2カ所一般家庭訪問をしました。一つはツアープランにあった、祖父が民族画を描いている人のジャイプールの家。祖父母や息子夫婦や孫、弟夫婦など合わせての大家族が一つの世帯です。

偶然街角で出会った人が自分の家を見せてくれました。ゲストハウスを経営しているのだそうです。

訪問先の大家族の家庭（筆者は左から３人目）

なるほど今まで投宿した人のサインが多く壁に残されていました。ここは母親と夫婦そして子どもの比較的コンパクトな家族でありました。少しずつ都会も核家族化しつつあります。

命の水　街角の奉仕

街角に草葺の小屋がありました。ところどころに見かけます。「これは何」と興味深々。この小屋は大概は豊かな家の前に設置されています。ある種の社会奉仕です。水の給水施設になっているのです。

小屋の中に素焼きの水瓶があります。とてもヒンヤリした水が溜めてあります。これを柄杓で汲んで街行く人に与える仕組み。なるほど。水を欲する人にとっては、これは死活

カル（給水小屋）

問題なのです。

水といえば村上公彦氏のことを思い出します。（注2）

「アジア協会・アジア友の会」で井戸掘りボランティア活動をされている方です。

彼自身も何回も現地で病気をもらって、日本に帰ってきては伝染病専門病院で治療し、また懲りずに出かけては半世紀にわたって活動を展開してきました。もう敬服の至りです。諸事多難なインドの生活向上のために水がポイントになると発見したことは何といってもそのひらめきがすばらしい。

その他雑記メモ

・今次の交換レート　10000円＝5965ルピー（R）
・ボーイ　20R　枕銭　40R　トイレ　10R
・早朝に甲高い鳴き声　キーオー……これはPeacock（孔雀）
・チャンパの樹発見（見事な黄色花、細長いタネ）
・ビールは「キングフィッシャー」（350R）　ウィスキー一杯（ダブル）が300R　高い
・ミネラルウォーター　30R
・ニルガイ（blue cow）発見（インド土着種の牛）
・自動車はスズキが席巻している。
・「……バード」はイスラム地名が多い。「……プール」はヒンドゥーの地名。
・ヤムナ河沿いの最近できたばかりの民間開発道路　Yamuna Express Way（166㎞）日本の高速道路より広いので驚く。立派。
・学校は5・3・3制　日本より1年短い。
・未就学対策として、登校したらこづかいを渡すとか、自転車を無料給付とか政府は工夫している。
・ガイドのクマさんがヒンドゥーを信じて大切にしていることは、①先祖からの繋がり②父母に感謝③近所にやさしくということ。

・今回4つの州を通過した。①ラジャスタン州 ②ハリヤナ州 ③デリー州 ④ウッタル・プラデーシュ州である。

・インドではロータリーでの交差が一般的。むしろ日本の交差点方式は特殊。なお軽自動車と普通車の税の区分けはないとのこと。各都市市内の交差道路はすべてロータリー。

（注2）村上公彦氏は同志社大学神学部卒の牧師です。学生時代から岡倉天心の「アジアは一つ」に共鳴し、インドのみならずアジア各地で井戸掘りをする国際的なボランティア活動を組織してきました。

補遺

・**リキシャについて**

バングラディシュの首都ダッカで「リキシャレース」が開催されました。これを開催したのは日本人Cecilia亜美北島さん。4人一組で乗り継ぐ21台が渋滞の23キロを自慢の足で駆け抜けたといいます。（2013・06・24　朝日新聞）

・『**河童が覗いたインド**』（妹尾河童著・新潮文庫・1991）は椎名誠も推薦するインド紀行の優れもの。22年後の現在33刷なり。今なお人気は継続中。今回この紀行にある様子とどれだけ変化しているかを念頭に旅をしました。

・この記録を同行したK氏に読んでもらいました。彼はインド社会を「混沌」と見るか「寛容による安定社会」と見るかは見方によるとの評価。なるほど「寛容社会」と見ると違った側面が浮かび上がるでしょう。特に日本人の潔癖で律儀な社会とは真逆です。しかし安定と見るかは疑問。「自分は豪邸に住んでも一歩街へ出ればゴミの山」というのが平気という感覚はいただけません。そしてカーストの残存。

・旅する哲学者といわれた森本哲郎は、インドの根源に「ニルバーナ（涅槃）」の観念があるといいます。ヒンドゥーやジャイナ教の影響を受けたカーストの根強い残存。「あるがままで多種多様」を受け入れるニルバーナ。

・ニルバーナは「たんなる虚無でなく、死さえも許す極限の寛容が生み出した深い魂のありかた」を意味すると。（森本哲郎『世界への旅1』新潮社　１９９４）

記忘庵日誌　２０１３・６・20

日誌風エッセーⅠ（日々）

年寄の冷や水 「1年を長ーく感じる　こころ」

うーん　なるほど。

「ときめき」の時間による若者と年寄りの時間感覚の違いにあるのかもしれません。

「ときめき」の少なくなった年寄りは、若い人に比べて1年の時間が経つのが早く感じるのです。

確かにその実感はあります。


しかしここ数年、歳取ってからも「1年が早く経った」と感ずる時と「長かった」と思う時もあります。

その違いはどこから来るのか。いつも疑問に感じてきました。

それは「ときめき・感動」より、「毎日の時間の使い方・使われ方」にあるように思われます。

つまりその人自身の「意識する時」の流れ方にあるのです。

「ときめき」「感動」「多忙」が詰まっていれば時間は短く感じられるだけに、1年の蓄積で時間は長く感じられます。

また一方では悲しみ、苦しみ、耐えがたい苦痛が重なれば時間は止まり、その時間経過もとても長く感じられるのです。

普通、年寄りの時間感覚は時間への感覚の薄れと共に、ふわりとした「淡い時間」(意識的でない時間)が毎日ゆっくり過ぎゆくだけに1年という時間にまとまった時「1年が早かったね・短かったね」となるようだというのが私の実感でもあります。これも一つの幸せの形かな。

歳とってからもなお「この1年は長かった」と感ずるのはあまり褒めたことではないかもしれません。それは相当秀でた人か不幸な人なのか。

ましてや若くして「この1年は短かった」なんて、それはもう老境というものです。「時間感覚」って不思議なものですね。

記忘庵日誌　2018・2・8

自慢にならない自慢話!?

２週間前、無事大手術を経てこの世に生還しました（２０２１・11・18）。ちょっとした切り傷から手指の傷が膿みそうなのでと受診しました。その外科病院でついでに腸のＣＴスキャンを撮影してもらったら（２０２１・10・15）、すぐに地域の中核総合病院に転送されました。

普段妻と２人で、この歳まで生きたのだから何があってもおかしくない、バタバタしないでおこうと話し合っていました。その妻も今年２月スキルス性胃癌で急逝し、先立たれてしまいました。

私は症状としては、痛みもなく10カ月ほど前から下痢、軟便ところころ便の便秘を繰り返すようになっていました。左下腹にしこりも感じるようになりました。今までは快食快便であったのに。家内のこともあって気ぜわしくしていたので放置していましたが、まあ腸なら間に合うかもしれないと入院しました。早急の手術が要るが、まず糖尿の数値を安定させねば危険とのことでまず内科へ。

内科で10日間（２０２１・10・27～）、外科で８日間（２０２１・11・９～）、大手術（２０２１・11・11）の割に最短コースで退院にこぎ着けました。握りこぶし大二つの腫瘍がＳ状結腸を塞ぎ、もう少しでイレウスになるところ。糞詰まりはつらい。腫瘍の大きさに比べ、リンパへは28の切除の内転移2。ステージ3B。5年生存率約70％か。

8㎝ほどの切除でしたが腹腔と、へそ周りで傷跡少し。ストーマもつけずに済み、5時間かけての手術を見事に成功させていただきました。感謝です。術後2日目からリハビリに励み、糖尿値安定のための必死の工夫です。普段インスリンを打たず飲み薬だけでしたのですぐ効果が出ました。麻酔が覚めた術後当日から朝までの痛みは強烈で地獄を見る思いでした。今思えば早くに鎮痛剤を求めればよかった。流動食のわずかの術後食を残さず匙ですくって口へ運ぶ喜びや大なり！

この腸の不調は糖尿由来と自己診断しています。

私の糖尿歴は、富田林でかかりつけ医に世話になってすでに30年余です。

糖尿の恐ろしさはいわゆるサイレントキラーで、静かに深く進行すること。糖尿病そのものでは死ねないのです。

今回入院して周りの人たちがいかに腸の不調で、下痢や便秘はじめ、心拍や呼吸の不安に苦しみもがかれているかを目の当たりにしました。インスリンを20単位も打っても300近い糖尿値。足もパンパンに腫れ、リハビリに毎日取り組んでも快方に向かわない人たちの苦痛。まあ他人ごとではないはずだが。

40代後半、職場でよく喉の渇きやだるさを感じていました。50歳台後半からは自覚的に運動や食事に気をつけました。そして網膜の検査や手指のちょっとした傷や神経系にも気を配りました。お陰で糖尿値を自己流に管理しながらも70代まで仕事も休むことなく大病せず80歳を迎えたのです。時間があれば歩きました。そして気分転換はお手の物でした。

それにしても自己流の泡盛とワイン、ウイスキーのカクテルよく飲んだものです。天に感謝であります。ですから個人差はあっても酒好きの人も注意しながら毎日元気に生きましょう。

糖尿の素因には食事や運動が原因である以上に、血統の遺伝子が大きく左右していると考えています。

我流ですが、ともかくも長年の勘で自然にその対処方法を身につけてきました。患者サイドからの「我が糖尿体験記」が書けるほどです。

記忘庵日誌　２０２１・12・1

随想――コスパとタイパとウェルパ？

ある喫茶店のレシートの裏に「人生で大切なものは希望・勇気・サムマネーの３つだけ」と書かれているのが目に留まりました。

店長のモットーらしい。私は思わず一人合点してにんまりしました。

ソーシャルワーカー協会会報巻頭言（通巻１８９号２０２２・10）で、桂良太郎氏は６つの「ゆ」、つまり多文化共生の視点からも「ゆめ・ゆとり・ゆうき」に加え「ゆっくり・ゆったり・ゆたかに」を取り上げています。なるほど「ゆとり」とか「ゆっくり」などは文化的な資質の原点でもあるのです。

最近耳慣れない略語が流行っています。

「コスパ」すなわちコストパフォーマンス。費用対効果。「タイパ」タイムパフォーマンス。時間効率など。

やはり時代がこういうことを意識させるに至っているのでしょうか。

私はあまり流行やベストセラーなんてものに興味はありませんが、最近珍しく『人新生（ひと・しんせい）の「資本論」』（斎藤幸平）や『22世紀の民主主義』（成田悠輔）などに目を通してみました。いずれもこの忙し過ぎる、また時間に追われる人間性にNOを突きつけているのです。

人新生、つまり人間活動が環境を破壊し尽くす環境危機の時代、それを阻止するため際限なき資本主義からの脱成長と減速を提案しています。それはスローライフでもあります。

政治といえば民主主義。その民主主義も閉鎖的になりつつあります。その民主主義を支え、選挙に頼らずとも、どの地域からでも、一個人でも発信でき世直しが可能といいます。

これはまさにソーシャルワーカーが取り組んできたケースワークであり、コミュニティワークでもあります。

地道にゆっくりした日常、「普通の生活」の回復。Small is beautiful、そして福祉の価値であるwell-beingの追求。つまり「ウェルパ」(新造語)であります。

(元国立大分大学大学院福祉社会科学研究科教授・元JASW大阪支部・大阪ソーシャルワーカー協会事務局長　日本ソーシャルワーカー協会会報　2023年4月号　第192号掲載)

記忘庵日誌　2023・1・22

ホッとする店になりそうだ！　あるホットバーガーのお店にて

いつもの行きつけのスーパーセンターにある軽食堂の話です。
また店主が代わったのか、店構えが前と違って今度はバーガー店に様変わりしました。

大型スーパーの中にある店でも田舎にある食べ物の店は余程工夫が無いと長続きしないようです。食事時でも軽い飲み物やスナック風のものしか売れません。買い物ついでに食事を楽しむとはなりません。田舎の人は特に余程の気に入りの店でないと大概は家で食事し、ハレの日は都会にある専門店に出かけるのです。今回時間もあったので買い物ついでにこの店に立ち寄ってみました。

「たまごうどん（温／冷）３００円、かき揚げうどん・そば４００円、鍋焼き６００円、エビ・ドック４００円」などとメニューにあります。かなりリーズナブルです。飲み物、ホットドック、うどんや蕎麦、カレーや軽食などと豊富なお得感のある店構えになっていました。

前の店はこれに比べ値段も割高に設定されていたので、買い物ついでに食するにはちょっと敬遠される感じでした。

記忘庵の愛犬　マメ

あまりお腹がすいていなかったので、軽いものと思い「かき揚げ温うどん」を注文しました。一人の女子店員が水と七味やナプキン等トレイにのせて運んできました。時々こちらを人懐っこくちらちら見ます。どうやら気に入られたようです。知的障害者と見受けました。途中で「サービスです」とにんまりして温かいお茶を持ってきてくれました。

とにかくのんびりしていて邪気がなく、何となくホットさせられるのです。温かい感じが周りに醸し出されています。多分障害者雇用で店の家族ではなさそうです。障害者の雇用は、福祉作業所や公設の会館の喫茶室とか、パンの店など増えつつありますが、まだ限定的です。こうした一般の店で働いている姿は貴重です。彼女の立ち居振る舞いは、忙しい世の中でその存在自体でふわーとした雰囲気を醸し、気を衒わず率直な接客がお客に安らぎ与えてくれます。

まだ世の中で彼ら障害のある人たちの人権が無視され、「障害者って本当に世の中の光なの」と問いかけていた時代に、障害者福祉の父、糸賀一雄はいち早く「この子らを世の光りに」と彼らの人権確立に努めました。その後時代は心理学者の伊藤隆二（誕生日ありがとう運動）たちの「この子らに世の光りを」との訴えに耳を傾け、今は「この子らは世の光なり」という感覚をごく自然に受け入れるようになりました。私はこれを「て・に・を・は」論争として助詞の一字の違いが時代の人権感覚を物語るエピソードの一つとして福祉哲学的解釈をしました。

普通の店でこうした店がドンドン増えることを願い、「ノーマライゼーション」（注1）が進むことをこころから願います。その思想は障害のある人たちだけでなく国際化する日本社会の多様性にも貢献します。

（注1）「ノーマライゼーション」とは、もともと「常態化」と訳され、障害のある人などが他の人と平等に生きるための条件整備を意味しましたが、私はこれをまさに「共生」と意訳していいものだと思います。

記忘庵日誌　2023・2・24

チャッカマン

お寺さんからのお下がりで「チャッカマン」が届きました。

例のお線香などに火を点ける今様マッチです。マッチをするのに比べて簡単で便利でもあります（説明には柄の長い使い切りライターの製品名とあります。正式名は点火棒です）。

しかしいつもなかなかその作動が硬くて点火しづらいので難儀もしていました。そして舌打ちし、やがてまたしてもマッチに戻ることになります。どうしてこんなにつけづらいのか疑問だったのですが、やっと分かりました。

幼児が安易に使って火災などにならないためにわざと点火しづらくしてあるとか。

なるほど。まあこんな調子で一事が万事日本人のものづくりの機微が窺えます。

特にいろんな小物の袋などの切り口の表示や、その切れ目の入ったもの等々。外国製品は大雑把でそこまでの神経は行き届いていないように見えます。

これは島国であり、狭隘《きょうあい》な領土でつましく暮らす日本人の生活から技術に至るまでの文化なのかも知れません。

まさにこの「繊細さ」は日本人の誇りとなっています。

一方、残念ながらおおらかさ、スケールの大胆さ、図太さでは中国やアフリカ、インド、欧米には劣ります。

人間の心性はときに自然条件や土地の大きさに比例します。スケールの大きなゴビやタクラマカンの砂漠では猛烈なエネルギーと大胆な行動力と見通し、勇気が必要となります。

「担大心小」と俗にいわれていますが、私は「担大細心」という言葉を使います。きめ細やかなこころ遣いと同時に、胆の据わった決断は両者あいまってこそ力を発揮します。中国語的には「細心」は「小心」、つまり「注意せよ」の意。

用心深くかつ大胆な心性を鍛えたいものです。

記忘庵日誌　2023・2・20

消えゆく関西の方言「ウイ」

関西・近畿地方で昔から使われていた言葉で今消えゆく方言がいくつかあります。例えば……

うい（滋賀県・湖北地方）―有難うと申し訳ないが混じった気持ちか
ちょこぼる（奈良県・宇陀地方）―チョコボールではなく「しゃがむこと」の意
とごろ（奈良県・五條）―濁って沈殿する様

滋賀県湖北地方では、「ほんなに　ぎょうさんしてもらうと、**うい** がね（そんなにたくさんしてもらうと、申しわけないよ）」という言い方がありました。単に有難うでもないといいます。なるほど味があります。

平成生まれの若者が知らない関西弁、消えゆく言葉が増えてきたといいます。

いかれこれ（ふんだりけったり）

まるっぽ（まるごと）
さっぱり　わややわ（完全にダメ）
ほたえる（さわぐ・ふざける）
けったくそ悪い（気分が悪い）

（2018・3・27関西テレビ　ちゃちゃ入れマンデー）

そういえば丹波では語尾に「……しとっちゃった」と付ける言い回しがありました。「あそこへ行っとっちゃった」とか。懐かしい言葉です。今も名残はありますがあまり言われなくなりました。今は「朝のシャンプー」を「朝シャン」、「スマートフォン」を「スマホ」というがごとく、全国的につづめことば、省略言葉が流行りの時代です。

言葉は世につれ、世は言葉につれであります。

福祉の相談・支援は特に言語的なコミュニケーションを解釈して問題を解決をします。この場合地方の言語の理解とともに日常の会話技術に注意をかたむけます。

その要諦《ようてい》は少し専門的になりますが「抽象の梯子《はしご》」にあります。（注1）

その時は当然地方の方言の理解も頭の片隅に置き、そのニュアンスを大切にしなければなりません。

最近『おらおらでひとりいぐも』（若竹千佐子著・第158回芥川賞）を読みました。63歳新人作家のあの強烈な東北弁丸出しの作品の持つ魅力は一体何か。やはりその地方に根付くコトバの力。

この地方の個性としてのことばは情報社会化が拍車をかけ大方かき消されつつある現実があります。いいことなのか悪いことなのか。

（注1）人間の言語を器官言語、行動言語、口頭言語の3種に分けて理解します。普通は会話等での口頭言語が主流。時にジェスチャーなどの動作による行動言語も。さらに嫌なことに直面すると片頭痛を起こすなどの器官に現れる言語も読み取ります。とくに日常会話では分かりにくい抽象的な言葉は、より具体の言葉に置き替え、逆に具体的でもその意味が分かりにくい時には次元を変えてより抽象的な言葉に置換しつつ、「言葉の梯子」を上り下りしながら双方の言葉の意味をより正確にしていく作業のことです。そのことでお互いのズレを正すのです。これを「抽象のハシゴ」といいます。これがソーシャルワークの基本の面接技術です。

記忘庵日誌　2018・3・28

ＥＴならぬ「ＩＴと地域社会」

最近の地域で起きている不思議な現象。それは「パソコン力」がもたらす影響です。趣味の会やサークル活動で、世話役や役員のなり手が無い。何故かと問えば高齢化、健康問題もありますが、名簿作りや連絡用に何かといえばスマホやパソコンが要るからです。80歳台で満足にパソコンができる人は多くはありません。歳と共にこれらを扱うのが面倒になります。当然の事です。

あるグループで名簿作りのためにある特定の人が影響力を発揮していることが分かりました。パソコン操作のできない年配者はもはや世話人の部外者でもあります。折角グループをまとめる力や明るい性格で世話好きでもあり、智慧のある親切な優しい人なのにもったいないことです。

今、その歳を重ねたものの重厚さとパソコンなどの操作の技術力との競合する端境期でもありましょう。

すでにその境界は78歳以上と以下か。平均健康年齢と似た水準ですね。いわばパソコン世代とのジェネレーションギャップが生じているのです。

たかがパソコンで大事な会の世話人が潰されてはかないません。人間力がたかがパソコンの操作一つで潰されるという違和感が生じてきているのではないかと心配です。

それが地域のまとめ役やリーダーの継承に影響するという現実が今の21世紀初頭の地域文化に与える影響を指摘しておきたいと思います。情報社会は思わぬ落とし穴を持っているのです。

高齢化と若者世代をスムーズに繋ぐためにも、こうしたことでの評価の狂いを無くしたいものです。やがてすべての面でのＩＴ化が一般化すれば、こうした軋轢《あつれき》はなくなると同時に、一方ではますます人間力と技術力の格差とその評価が課題を迎える世代に突入するかもしれません。国はすでにＩＴ技術の倫理規制については検討に入りました。

それにしても生煮えの出来立ての技術で即販売促進の会社魂は避けて欲しいです。もっと使い易さこそを売るべきです。車のモデルチェンジではありません。

記忘庵日誌　２０２３・２・21

夫婦論──夫婦であることの意味

人間の「孤独」感は人間に与えられた貴重なセンサーです。これがなければ誠に増長マンとなり地球生物としては生きていけないかもしれません。

しかしこの孤独感を有効に働かせずして増長した人間は、科学技術信奉で生活を狂わせつつあります。

今コロナの時代、たかがウイルス、されどウイルスです。いつの間にか「人」に密かなる信号を送り、増長する人への注意信号を送っています。実はこの孤独感とウイルスは「ホモサピエンス」への愚かさへの警鐘なのです。人間はさらに進化して「ホモサピエンスからホモエクセレンス」(桐山靖雄)にならなければなりません。

孤独は大勢に囲まれている中でも味わうことが多い、幸せと感じるほどに──。夫婦といえどもこの孤独は避けがたいのです。

そこで少し不謹慎ですがあえて言いたい。ウイルスと孤独との闘い。それは夫婦のありかたとも似ていますよと。

夫婦円満の秘訣。それはどちらかがその時「ゆとりがある方が譲歩」すればよい。たったそれだけのことなのです。それができたとき幸せが訪れます。なぜなら夫婦の沙汰は禍福の縄といわれている所以。その時「よし」としたことが「悪しき」になったり、「悪しきがよし」になったり。思えばわれわれ夫婦の付き合いももう60年経ちましたが、「遥かに来たものよ」との感想です。

古来、「人間万事塞翁が馬」の例えありです。禍福はあざなえる縄のごとしというではありませんか。

もちろん死の間際までにその人の幸・不幸は語ることはできません。しかしおおよそは今日までのその人の生涯の足跡をふりかえりつつその先の幸せを築くことは可能です。

特に老いの恵み、老いは解放の時です。笑っていれば時が解決してくれます。

あの『老人力』(赤瀬川原平)の「とりあえずビール」というあの雑駁《ざっぱく》さ。ボケ老人から痴呆症、認知症に表現は変われども。されど一方では老人力は健在なりです。

沖藤はこんなことを言っています。年取れば「預金と貯筋と友貯」―経済的余裕・筋力を貯める、体の健康・友人を貯める、心の健康 しゃべる・笑うこと。

問題は今経済の底が抜けはじめ老後の余裕がますますひっ迫。今日の猛烈な感染症であった「コロナウイルス」がまた時代を変えるかも知れません。笑ってばかりもおれませんよと。

参考　沖藤典子　『老いてわかった！　人生の恵み』　海竜社　２０１７

記忘庵日誌　２０２０・7・18

雨ちゃんの里親

数か月前から庭のパラソルと椅子の木陰で、休んでいるのか、遊んでいるのか、1匹のアマガエルをよく見かけるようになりました。

庭の除草と木の剪定などで気が張っていたので、危ないと思い「シイシイ」と追いやっていました。そんなことが何回か続いたあとに、気が付けばまたしても例の雨蛙さんがいるではないですか。驚きました。

何回も優しく追い立てますが一向に動きません。まじまじと私の顔の方に目を向けてきます。相手がどう出るかと明らかにこちらを伺っています。この若いカエルさん「うん、この人は危害を加える人ではなさそうだ」とばかり、いったん下がった風に見せてまたぴょんぴょんと戻ってきます。

これを数回繰り返します。「油断は禁物。何せ相手は人間様だぞ。威張った動物なのだ」と。

まずは様子見の期間が何日も続きました。しかし同じ場所で粘っています。いとおしくなってきました。

こうしてこのカエルさんとの付き合いが始まり、私はこのカエルに「あまちゃん」と名づけてやりました。そうだこの際この「あまちゃん」の里親になってやろう（アマガエル負けるな源さんここにあり、です）。

昔40代の頃、家裁の調査官たちと問題児と言われる子供たちと、その家族として私たち夫婦が世話役になって何回か週末にキャンプをしていました。のち障害や不登校の子供を一時預かる里親にもなったことが思い出されました。懐かしい記憶です（現在は「専門里親」として制度化）。（注1）

読者の皆様へ

この「生前戒名」なる「人生の番地づくり」のテーマが普遍化し、我が国の「福祉社会」の向上に貢献するためによく本が読まれたら、またクラウドファンディングでもってこの本の続編が可能になったら、このあまちゃん物語の続きが話せます。ぜひそうなって欲しいと期待します。

（注1）諸外国は里親家庭が普通に存在します。日本では少し難しくとらえられていますが、気軽に里親になってほしいものです。規制主義も問題。

記忘庵日誌2023・7・6

ある青年との出会い

若者といっても、もう40代ですが、その青年はいつものように本日の集合場所に一人早く来て立っていました。にこやかに手を振り挨拶してくれます。今日はある環境ボランティアグループの町内地区でのゴミ拾いの日です。

梅雨の季節、私もお天気模様が心配だったので少し早めに到着したのですが、周りには彼以外まだ誰もいませんでした。

彼はこちらが問わずとも、自分の家族や現在の様子を一人快活にしゃべり始めました。何せまだ数回の顔合わせなので世話役の私への自己紹介のつもりなのかと思い聞きました。

「男ばかりの5人兄弟です」から始まって全く個人的なことを臆せずに率直に語るのです。

どうやら数年前に両親も亡くなり、その間次男、3男は独立し、その親の面倒を主に4男が見てきたし今も伯母の世話をしており自分も手伝うといいます。長男（16歳上）と4男との3人で同居していて、長兄が外で稼ぎ家計を支えているが、勿論自分もある医師の運転手などで生計を立てている。今まで長く続けた仕事でも数年、何回か転職してフリーに生きてきたが、特に不自由もなくわずかな手取りで十分で別に沢山稼ごうとかの欲はなく楽しんでいるといいます。

今もたまたま近所の蜜柑山の下草刈を頼まれたので時間の合間に手伝っている。自分はしたくないことは金銭にかかわらずしない主義とか。

このゴミ拾いも一人でしていましたが、人に誘われてここにきたのだそう。なるほど作業着の腰には道具もぶら下げ、折り畳み式のバケツにゴミ拾いトングなどを入れています。

最近近所で大水の時にあふれる側溝に気づき、溝の清掃を誰もしないので、「そうだ自分の任務だ」と自らに課したといいます。時々見回っては、「よっしゃ」と満足していますと。

ジェネレーションギャップという言葉がありますが、この世代はまさにロストジェネレーション（注1）で、またZ世代とも雰囲気が違うようです。

こんなに金銭にとらわれず、ささやかなことでも他人が放置していることに目を向け、奉仕する心を発揮して毎日を楽しく生きていこうとする青年に出会いびっくりしました。

最後に彼は、「私はできるだけ笑顔で挨拶することにしています」とぽつんとつぶやきました。

そうだ久しくそんな些細なこともできなくなっていたと反省しながら私は早速実行しました。

（注1）いわゆる「就職氷河期」世代（35－45歳台）はまじめで、タフだとみられています。
ジェネレーション・ギャップ（世代格差）はバブル期（50代）やゆとり世代（19～36

歳)など細かく分けると差異が認められるとされ、一般にZ世代(1990年代後半~2012年頃に生まれた世代)とそれ以前の大人との差異が特徴的に違うとされています。
心理学的には1997年前後での差異としてミラーニューロンの変化により、「挨拶しない」、「返事しない」、しかし数的反応や多様な変容行動に強いなどの特徴が挙げられていますが、これらは価値判断抜きの世代の進化として捉える必要があります。

記忘庵日誌　2023・7・10

「人間と自然」についての三段論法

山折哲雄氏（宗教学者）がある日のコラムで（「上空からの景観と重なる三層構造」2018・6・2朝日新聞）こんなことを指摘していました。

日本は上空3000メートルのセスナ機から俯瞰すればとても農業にいそしむ国土とは思えない。山また山。山岳と海洋国家。しかし1000メートルほどに下がると高さのトリックで見えてきた。

深層に山林地帯、中層に耕作地帯、上層に都市空間。

そしてこの列島に棲みついた人間の意識も、縄文的世界観（無常観）、弥生的人間観（天候観察・勤勉と日和見感覚）、そして近代的価値観（儒教的合理精神）の重層構造。これが一面では無原則、無責任の行動に移る日本人の持つ柔軟に価値観を選択する民族性を生んだのだと。

人間と自然の関係性にもこの同じ三層構造を当てはめることができます。

一つはむき出しの原初的な自然との向き合い（荒々しさと優しさ、生の自然）。二つにビルの窓から眺める自然、つまりある程度加工された自然（絵画的自然）。そして完全な人工的自然の世界（透明な自然）。あれかこれかの二者択一ではない三層ないし正・反・合の三段論法。または三次元で見た自然世界の混成。これらが柔軟な人間観に資するか混乱に乗ずるか。

22世紀に向けて人間はますます自然離れを余儀なくされます。生活の本体が技術で補われ、人工的自然に生きるようになります。

その時人間の心の有り様、精神世界はどうなっていくのであろうかと思案に暮れる昨今でもあります。

生の自然、土・風・水から遠ざかることは良しとしません。いつしか人間の生理的なリズムを狂わせます。

今21世紀初頭、すでに人を殺すに「誰でもよかった」とか、幼子に躾と称して虐待し、わずか5歳にも満たない子に「ゆるして」と書き留めさせる親子関係。じっくりとした自然との向き合いを忘れたかのよう……以上

記忘庵日誌2018・6・20

日誌風エッセーⅡ（生と死）

長生きも芸のうち

白洲正子の随筆「鶴川日記」を読んでいたら、「長生きも芸のうち」という言葉が目に留まりました。白洲正子は樺山伯爵家の二女として生まれ、白洲次郎の妻。能や古典芸能に精通し、一方「韋駄天お正」とあだ名のあるほど活発な子女であったといいます。

「武相荘」（白洲邸）に遊びに来ていた梅原龍三郎と安井曾太郎氏の逸話が記してあります。（ぶあいそうの由来―武州と相模の境にある当時辺鄙な田舎、現町田市。茅葺きの大屋根で田舎屋敷を改修。私も見学しましたが、その書斎は穴倉のようで圧巻です。わが記忘庵はこの武相荘の名に因んだのです。スケールはともかく。）

「安井さんは温厚な人柄に似て、武蔵野の風景が気に入り、色鉛筆で何枚も写生なさったが、梅原さんは風景でも人物でも、一級のものしか興味なく、雑木林など目もくれず、ひたすら将棋指して……その対照が私には面白かった」「互いに画壇に君臨していた二人だが、梅原さんは健在で、安井さんは時を経ずして他界の人となられた」という段落の後に、吉井勇のこの名言が紹介されています。「年をとるとそういうことが身に沁みてわかる」ものだと。

よく「馬齢を重ねる」とも言い、無駄にだらだら生きたくはないと若いときはそう思うものですが、人間の寿命、生きるだけ生きねばなりません。だとすると「長生きも芸のうち」となるでしょうか。

最近のTVで「なぜ人は牛乳を飲む時、腰に手を当てるのか」とか「指を曲げてポキポキ音がするのは何故か」なんて、およそ人生を生きる上で何の役にも立ちそうもないような愚問に答える番組がありました。まさにイグノーベル賞ものです。

答えはお分かりでしょうか。

牛乳瓶は飲み口が広いためこぼし易い。飲むために腰がかがみ自然に手があてがわれるという実験結果をある大学のスポーツ科学で突き止めたといいます。

何か事があると手指をポキポキ鳴らして落ち着くことがあります。関節が鳴る音であると思っていたが、あにはからんや「空気がはじける」音だといいます。

どこから「ボーっと　生きてんじゃねえよ！」（チコちゃんの声がしてきます。このことばは今年の流行語大賞にもノミネートされています）。

こんなことを考え乍ら少しはさっきの「長生き」に役立つかなと思ったりしたりしてーやっぱりあまり意味ないか⁈

記忘庵日誌　２０１８・11・25

「うらやましい孤独死」の勧め

え、まさか。こんなに孤独死が悲惨でダメと思われている時代に。

「あなたは何ということをいう」と批判を浴びることを覚悟で宣言したい。


人間最後に残る宿題は「孤独」との向き合い方です。

余り物事を考えることの無い人でも「孤独」に悩むことはなくても「孤独」を味わったことが無いという人はいないでしょう。

やはり「人間は考える葦」。パスカルは上手く言ったものです。仮に「考えるタンポポ」でもしっくりしません。どこか綿毛のようにポカーンと飛んでしまいそうです。

考え過ぎも問題かもしれませんが、適当に人生を悩ましく思わない人間は人間失格かもしれません。

あなたは特に老年期の深刻な「孤独に向き合う」姿勢についての態度は決まりましたか。若い時から意識して下さい。高齢者と向き合う課題でもあります。

そんなに恐れてはいけません。慣れれば「孤独」はゆったりした、未知の楽しみを増やし続けてくれます。佐多稲子曰くの「時に佇《た》つ」とはこんな瞬間なのでしょう。

さて「孤独」論はこれくらいにして、肝心の「孤独死」。

孤独死？　いや「独居死ないし孤立死」かも。

端的に言えば今の世の中、安全安心が最優先され、その結果したいこともできないで病院か施設で死を迎えることになります。いわば生ける屍？

確かに医学の正解から言えば病気への対処は最善の医療技術で延命されることです。しかし例えば90代でアルコール依存、肝臓も肺もボロボロで明日をも知れないのに自宅で朝まで焼酎を飲んでいる。それなのに周りからいくら進められても施設や病院には入りたくないと本人は覚悟を決めている。それを無理やり入院処置するのが医学的正解なのでしょうか。

天命を受け入れる市民の覚悟、それを支える医療、介護、その「絆」の維持があればこの場合、医学的正解は必ずしも王道ではないと主張する変わり者の医者がいます。何と一橋大で経済を学び、宮崎医科大学で医師を学び、地域医療を体験したマルチ人間森田洋之氏。その統合的な認識力に乾杯です。

病院や福祉施設の多いところほど患者が増え、医療費は高騰し医療崩壊に至っているといいます。手厚いシステムが仇？　すでにアメリカなどでの詳細な分析結果が出ています。夕張では財政破たんで、今までの医療体制が維持できなくなったものの、死亡率はむしろ減少し医療費は逓減されたという結果が出ています。地域住民の自覚すなわち貧困対応、健康対処術が医学的処置をしのいだのです。

一部の高度医療先端技術の開発と発展は望まれます。

しかし大事なのは手厚い在宅看護と見守りの体制の維持で、一人でも生き生きと楽しく生きていける仕組みづくりこそ優先されねばなりません。つまり総合保健対策であります。

福祉施設も利用者を囲い込むのではなくて見守りのできるケア体制こそ充実させねばならないと考えます。

地域での取り組みも年々工夫されつつあり、「リンクワーカー」とか「隣人祭」とか、地域で支え合う仕組みづくり、最後まで孤立させない仕組みづくりも進んでいます。医療ケースワーカー等専門職や地域包括支援センターなどもさらなる創意工夫で地域での持続可能な見守り体制の構築に努めなければなりません。

そうすれば最後まで住み慣れたところで生き生き人生を全うしたいという市民の願いはかなえられるでしょう。たとえ認知症でも、家族のみの負担でなく。

私の義母はまだ１００歳超えが少なかった時代、１０１歳の天寿を全うしました。明治生まれの律儀な働きもので最後まで独り生活を楽しく生きました。しかしさすがにちょっとしたはずみで転ぶようになり死の数年前に有料老人施設に入る選択をしました。

身の周りの生活は安全、安心になりましたが、さぞ不自由でつらかったことでしょう。

彼女が最後に家族に訴えたのは、施設側から公文式の数学教室閉鎖を知らされた時です。私は施設長に直談判しました。施設にすれば１００歳近くで、周りも高齢で興味を持つ対象者少なく、経費削減のため中止したかったようですが継続してくれました。

この趣味のクラブが唯一義母の楽しみであったのです。

施設入所の道を選びましたが、最低限の身辺介護で、最後まで自分のことを自分で自律的に対処できる自由を持つことができました。このように「自己決定」できることは人間の誇りであり天命なのです。

参考　森田洋之『うらやましい孤独死』三五館シンシャ　２０２１

大井玄『老年という海をゆく』みすず書房　２０１８

記忘庵日誌　２０２２・４・15

「人生の住所」作りの意義——生前戒名?!

ひところ「生前葬」とかが流行りました。今は「墓じまい」とか、「俗名」で戒名を避ける人が増えています。住職もいろいろ悩みます。本人の生前の真実を残すために。

西山太吉氏（元毎日新聞記者・沖縄密約の国の嘘に迫った）の戒名は当初「多門院記峰太玄居士」とあったのを、告別式直前に「義障院文岳太道居士」と差し替えられたと聞きました。

また今日では「終活」がはやり、死の準備が世間では活発です。

この本のタイトルは「人生の住所を教えて」です。副題は「私は幸せ通り一丁目三番地⁉」となっています。多少謎めいていますね。

あなたはどんな人生を歩んできましたか。またこれからどう幸せ度を高めますか。あなたの現在の境地、人生の住処《すみか》を探してほしいのです。

わたしの場合決して順風満帆ではありませんでしたが、いつも我が事と同じように人のために考える仕事ができたと自負しています。ですから私の目下の人生住所は「幸せ通り一丁目三番地」なのです。望めどもとても一番地ではありません。しかし「不幸通り一丁目」には住むことなく済みました。天地の導きでした。

人によってその姿・形は千差万別です。地位も名誉もなしたけれど、家庭崩壊で窮地に立たされ結局は今「心配通り我欲三丁目」にいますとか、難病で身体的苦痛を味わい大変だったけれど、多くの人に共に支えられ今「多福街1丁目栄光マンション」に住んでいますとか。若い人、新婚の人はさしずめ富士山頂かな。ここから人生のスタートです。さあこれからどんなところに住まいますか。そのこころの幸せを祈りたいと思います。再び富士山頂、富士山五合目あたりにでも無事に戻ってきて下さい。

自分で自己評価して、現在の幸福度精神の住所・番地を作りましょう。こうして個人の福祉は社会福祉の基礎になります。

そして「あなたの人生の住所」を「地理上の現住所」に重ねていくとき、その時間と空間は広がります。進む方向が鮮明になります。これは老いも若きもありません。その歳年での「幸せ」度を測る物差しにもなります。

個々人の幸せと社会的公正の福祉の統合的視点です。ある種の「生前戒名」「現代風戒名」ということになるかも知れません。それは特に高齢者にとっては過ぎし日を振り返りつつ、より自分らしい生き方を示唆する人生の指針にもなります。

これが「人生の住所」作りの作法です。そこには生前葬や終活、エンディングノートの方法論も加味されます。単に財産をどう残すとか、遺言書でなくても、自分らしい「人生の住処」を示して今後の糧にしたいものです。

あなたの現在立っている心の場所、「人生の住所」を教えて下さい。

記忘庵日誌　２０２３・５・15

人生訓

人生の処世訓というか人生そのものを考察した箴言を書き記す年代になりました。毎日のお祈りのコトバにもなります。

・あるがままに生きる。人間は体だけで生きているのではない。心をちょっと支えるだけで不思議なほど病気は暴れない。（諏訪中央病院名誉院長　鎌田實）
・いのちの輝き―「私は幸せだった」と去り逝く人が伝えること。それが残される人にとって最高のプレゼントになる。（内藤いづみ　ふじ内科クリニック院長、在宅ホスピス医）
・普段の何気ない生活、日常には薬局の薬以上の力あり。（徳永進　野の花診療所院長）
・老いは楽しい（斎藤茂太　斎藤病院名誉院長）
・手を握る、背中や足をさする、時には抱きしめるなど―どんな言葉よりも気持ちが伝わることが有る。（石垣靖子　北海道医療大学大学院名誉教授）
・よく生き，よく病み、よく老いる―小さな希望を毎日持ち続ける。これが上手な生き方（日野原重明　聖路加国際大学名誉理事長）

・時間の使い方はそのまま「いのち」の使い方—丁寧に時間を使うと丁寧な人生（渡辺和子　ノートルダム清心学園理事長）
・老いを豊かに—嫌いなことは忘れなさい。（早川一光　総合人間研究所所長）
・「我慢しない」「期待しない」—自らに由って生きることが「自由」であること。人生というものをトシで決めない、結婚はくじ引き、人生の予測をたてない。全て成行きに任せる。（篠田桃紅　美術家103歳）
・若い人が成長するのと老化とは同じ一続きの現象（養老孟司　東京大学名誉教授）
・群れない　自由が一番　一人で平気　好きなことあれば（蛭子能収　漫画家2015・6・22）
・「あてどなく先の定まらぬ人生だけが今を楽しくできる」・・・「こんな取るに足らない小さな眠りひとつとってみても、背景にはそれなりの犠牲と覚悟があるのだ」（白石一文「草にすわる」P.23）
・「風土の心をこころとして成り立つのが和食」「旬がある。十日ずつ変わる」「待ち受けないと食せられない」「汁ものがないとお米は食せない」（辰巳芳子　料理家・スープ研究）
・「笑顔でなければ何事もうまく行かない」（ティムズ　北京—パリクラシックレース）
・「たとえ明日世界が滅びるともリンゴの木を植え続ける」（作家ゲオルギウ「第二のチャンス」）

・「諸君、明日はもっといい仕事をしよう」（ガウディ）

人生の達人はほぼ同じ思いに至っているのではと感じます。これらは「経験」則です。なお日本人はよく「体験」と「経験」を同じ意味で使っています。森有正（哲学者）は、「体験」は日々に遭遇する具体の現象のことで、これらから共通して得られる人生の真理を「経験」であるとして峻別《しゅんべつ》しています。

2つは全く別物として説明しています。ご注意あれ。

「余命」いくばくもなくと言われれば……理想は自然死に近い死を――福祉哲学

「よみょう」と言いたくなりますが「よめい」です。

突然死は別にして、あなたがもし「余命は、およそ……ですね」と医者から宣告されたとすると「ああいよいよ、この世とはおさらばか」と未練なく残りの時間を愉しめる心のゆとりはありますか。

がん宣告などがまだ一般化していない時は、何とか延命措置をしてバタバタすることになり、恐らくほとんどの人間は生きることの執着からは逃れられないで苦しむこととなったと思われます。今はホスピスもあります。

一方で人生100歳時代突入とはいえ、必ずしも「長命イコール幸福」ではないと作家の五木寛之氏は指摘しています。

「人間の命は地球より重い」なんていいますが、命が何よりも大事というルネッサンス以来の死生観は揺らいできました。当然「人間の命」と「地球の命」は共存しなければなりません。

「延命」措置をやって欲しくないと本人は思っていても、今日の医療は一時でも生き延びさせることが使命となっているのです。ましてや家族の誰かがそれを望めば人工呼吸器に繋ぎ、栄養補給して、植物人間さながらに「余命」を繋ぐのが今日の状況です。

昔から「往生際が悪い」という言葉がありますが、「安楽死」を望むと言っても、今日の医療制度や倫理、法的根拠、家族の思いと個人の狭間、生命倫理などなど、いろんな角度からの課題があって、事は簡単ではないのです。

病院ではなく在宅医療の充実でわずかな人が自宅で死を迎えることができます。水分補給を徐々に断ち枯れるように死に到る──この終末の賢い選択がこれからの日本人の課題です。病院から家へ、昔のように自宅での死に場所の回帰です。もちろんその条件が整わない場合は無理です。「人の死の逝き時」「人はどのようにして死んでいくのか」、そして「具体的な人の死に付き合ってみての体験」などを重ねつつ、自分の死に際のイメージトレーニングが必要になります。

それが「死のプラニング」です。

自分の体調とか、家族のこととか、仕事とかのいろんなことを勘案して、自分は何歳ぐらいまで生きようとするのか、西行のように自分の死に場所や逝く年を決めてみる、こんな心づもりが事前にあればかなりすっきりした自己の死へのイメージができます。

そして死に際にやってほしくないことをまとめておくことを五木氏は提案しています。

死をイメージしてみることは決して悪いことではないのです。

ただ思ったように行かないのが人間と自然の摂理。野垂れ死にはその意味では理想かもしれません。

参考　五木寛之『余命』祥伝社　2015

記忘庵日誌　2020・6・28

「老い方」に思いを馳せる

半世紀ぶりに音信が復活した高校時代の友人、N君とのやりとり（彼は公立大の経済学部卒で、呼吸法に目覚めて病気回復。のち仏教の専門書を数冊著している異色の人物です）。

「すみません。後でと思いながら返信遅れました。今のところ変わりないです。庭周りがかなり整理できました。畑も何とか。今年はあまり沢山植えませんでした。絵画と写経と昔の仕事仲間の集い等で忙しく過ごしています。荻野」とメールの返信をしました。

それに対して彼からの便りで、「忙しく元気そうで良いですね。私は、妻に先立たれると君のように忙しく生きられないと思います。晩年になると老妻と2人で一人前と実感させられています」と返されてきました。

私は1年半前に突然妻に先立たれました。私もその半年後大病して今ようやく元気を回復したばかり。胃腸は丈夫だと過信していましたが人並みの通過点です。

私自身も妻が居る当時は2人で一人前、一日一つの目安で動くこと。ましてや妻に先立たれるとは思ってもみませんでした。どうせ老後の人生、当然のんびり過ごし「枯れて優雅な人生」を想定していました。しかしです……

年寄りの道には二つの道があると思われます。

①枯れて欲得なく、仙人の悟りのごとく沈思黙考の静かな境地に生きる。

②活動的に最後まで自分らしく好きに生き抜く。

私の頭の中では、当初一つ目の道を生きるものと想定していました。

現に80歳近くまで仕事のできる場も与えられていましたが、老境を意識して70歳前で定年を自ら決め引退しました。老害を晒すのではなく大橋巨泉さんのごとくさらりとした引退を宣言したかったのです。

あれ以上欲を出して仕事一筋なら今頃はこの世にいません。正解であったと思っています。

一旦世間から離れ自由気ままに。10年して再び元の仕事との関わりに繋がることになりました。もちろん仕事でない隠居仕事の範疇ですが。どの組織も「高齢化」を理由に活力減退した組織の立て直しも必要です。

突然死もありますが、寿命もあって、身体が自然にダメになっていく姿と共に老化の速度が決ま

り死に至ります。その意味で「天命」なのです。（注1）

やはり毎日時計の針が時を刻むがごとく、時々刻々何かの目標を持ち、一定のリズムを刻んで心身の老化に従うのが自然だと思われます。

枯れるように生きることの難しさを実感しています。忙しくするのではありません。

自分の生活のリズムを作ることがよく生きることだと実感しています。

（注1）ここにさらりと「寿命もあって」と記しましたが、この場合の「寿命」とは最大限「自力」（科学的人間的）で生きていても、最後はどこか「他力本願」というか、自分の生き死には「天」に委ねて「安心立命」を得る境地なのです。

結局、どっちゃねん、無神論なの？　有神論なの？　ということになりますが、「人事を尽くして天命を待つ」という言葉がありますが、その意味では「神即自然」「梵我一如《ぼんがいちにょ》」の「汎神《はんしん》」論で万有神論というのが現在の心境に最も近いということになりましょう。福祉科学の原理論の追求者としてはようやくこの立場に到達したのです。世界の各地の宗教遺跡からもこの観点から様々な感慨、感動を得てきた思いがします。

記忘庵日誌　２０２２・６・１

終わりに（あとがき）

これらの諸作品ははっきり言って世に問うものとしては不出来かもしれません。当初から公にすることを意識しては書いていません。

しかし本人にとってはどの部分も真実であり、孤独な闘いから生み出された福祉の開拓の志を修練してきた小品なのです。幸せ探しの孤独な旅といえるでしょう。

この孤独の旅は他のあらゆることを犠牲にしての貧苦の旅でもありました。その志は万人のものとなるでしょう。

この「記忘庵日誌」の旅の記録は、福祉の厳しい現場から離れてから10年の間にしたためられています。それまで旅に出る機会も取れませんでした。皆さんには若い時から早く海外に出て見聞されることを勧めます。

出身校のスクールモットーである「Mastery for service」（奉仕のための鍛錬）はまさに私の羅針盤となりました。およそ学問とか学びは、自己自身のためであると同時に人生に奉仕するためにあります。

援助や相談・支援者として、そして地域作りなどに費やした日々、その長年の苦闘のこころを癒し育てた日々の記録であり傷跡でもあります。捨てがたく、今後の「福祉社会」に貢献したいと願う人たちへ贈りたいと思いました。福祉ロマンと福祉マインドの感性を育てる一助になればと思います。

大分大学着任当時、全国各地の学校はいじめや学級崩壊でとても荒れていました。これに対応できる実践力のある教員の養成が求められていました。建築界の巨人、安藤忠雄氏が現場から東京大学の教授に招聘《しょうへい》された同じ年に私も現場から転身しました。当時から学問の新しい方向としての実践と理論の融合が文科省のテーマになりました。

そこで大分ではいち早く教育に心理や福祉マインドの総合力を持つ教員養成を目指しました(教育福祉科学部)。それはまた単なる福祉実践でなく「科学する福祉」の専門性の確立が願いでもありました。全国に先駆けての試みであったその「教育力」は今も求められています(現在の大分大学の福祉科学は「福祉健康科学部」として継承)。

よく「人を束ね、組織を束ね、心を束ね」ということで人のリーダーシップが語られますが、必ずしも生き方上手でなくてもいいのです。稚拙でも朴訥に愚直に生きてよいのです。人間だれしも孤独に生き、死ぬのです。「汝狭き門より入れ」という言葉もあります。

孤独や悲哀から本当の意味で「共に生きる」が実感されるのです。これが福祉の基本精神です。また福祉は「甘え」や「依存」ではありません。

「自立と共生（ノーマライゼーション）」の原理は人間生活の原点。それはソーシャルワーカーやケアワーカー（介護福祉士）、カウンセラーの専売特許ではありません。

この本が介護や障害のある人たちの支援者や学校や地域、福祉行政などの専門家の他、願わくば個人として「幸福追求」の「求道者」の目に留まればと思います。

また若い人たちの心の鍛錬に役立てる一つのヒントを得るものになればと願い、公にすることにしました。

そして22世紀への「福祉国家」を超えて新たな「福祉世界」へと希望をつなぐ一般市民に捧げたいと思います。

それぞれの年齢層なりの味わい方でお読みいただきたい。

「青雲の志」を抱いて郷里を後にして以来、同郷出身の中路嶋雄牧師とその子弟である平方美代子師（夜久野教会・扇町教会）との交流、鳥海山麓の曠野の秋田コロニー開拓者の横山一成氏や金剛コロニーなどのコロニーでの利用者や職員との出会いは私を育ててくれました。日本ソーシャルワーカー協会の再建に尽くされた筑前甚七氏と阿部志郎会長にも感謝を捧げます。

また多くの出会いがあった各地で活躍している私が赴任した大学の学生や仲間、特に大分大学の当時の教育福祉科学部の神戸輝夫学部長はじめ新学部創設にご協力いただだい教員の方々、私の無軌道な生き方を支えて下さった多くの関係者の皆さんに感謝します。

しっかりした概念化のなされていない中途半端な理論は避け、あえて研究論文やテキスト以外は書きませんでした。

本著はいわば沈黙の研究者の晩年にたどり着いたわかりやすい福祉原論のためのデッサンになります。

この旅物語やエッセーには、基礎になる社会学や心理学のほか、精神医学や文化人類学・地理学、生態学や宗教学・科学論・文化歴史論などの諸科学の視点が含まれています。

最も新しい学問としての総合・学際的科学としての「福祉科学」の特徴と言えます。

私の先輩で師でもあり、ソーシャルワーク論・社会福祉学の正統性を継ぎシステム論の開拓者、太田義弘氏（大阪府立大学、北星学園大学、龍谷大学教授など歴任）は現在の永住の地であるカナダのポートランドからエールを送ってくれているでしょう。

公表のきっかけを作って下さったのは、幻冬舎企画編集部の中島弘暉氏であり、深澤京花さんはじめ幻冬舎の編集スタッフです。さすがに幻冬舎さんは野人の魂の叫び、言説を掘り起こす名手です。感謝して記したいと思います。

この作品群をわが恩師で日本社会福祉学会初代会長竹内愛二先生に捧げます。

２０２３年 中秋

（記忘庵にて著者記す）荻野源吾

荻野源吾（おぎのげんご）

昭和16年　京都府生まれ。

約60年間余、ソーシャルワーカーとして活躍。

この間秋田県立コロニーや大阪府立金剛コロニーで実践。

佛教大学や大分大学、広島文教女子大学などで教育・研究。

実践と研究、各々約25年間。

現在福祉 analyst　福祉団体の改革やボランティアグループの supervisor

人生《じんせい》の住所《じゅうしょ》教《おし》えて
── 私《わたし》は幸《しあわ》せ通《どお》り一丁《いっちょう》目《め》三番《さんばん》地《ち》!? ──

2023年11月8日　第1刷発行

著　者　　荻野源吾
発行人　　久保田貴幸

発行元　　株式会社 幻冬舎メディアコンサルティング
〒151-0051　東京都渋谷区千駄ヶ谷4-9-7
電話　03-5411-6440（編集）

発売元　　株式会社 幻冬舎
〒151-0051　東京都渋谷区千駄ヶ谷4-9-7
電話　03-5411-6222（営業）

印刷・製本　中央精版印刷株式会社
装　丁　　大石いずみ

検印廃止

ISBN 978-4-344-94661-3 C0095
幻冬舎メディアコンサルティングＨＰ
https://www.gentosha-mc.com/